LIVRE-ARBÍTRIO

R.J. ROMERO
LIVRE-ARBÍTRIO

Copyright © 2018 de R. J. Romero
Todos os direitos desta edição reservados à Editora Labrador.

Coordenação editorial
Diana Szylit

Projeto gráfico, diagramação e capa
Felipe Rosa

Ilustrações
Diego Gurgell

Revisão
Márcia Abreu
Regina Ana R. Floriano
Bonie Santos

Dados Internacionais de Catalogação na Publicação (CIP) Andreia de Almeida CRB-8/7889

Romero, R. J.
  Livre-arbítrio / R. J. Romero ; ilustrado por Diego Gurgell. -- São Paulo : Labrador, 2018.
  104 p. : il.

ISBN 978-85-93058-80-6

1. Ficção brasileira I. Título II. Gurgell, Diego

18-0322   CDD B869.3

Índices para catálogo sistemático:
1. Ficção brasileira

EDITORA Labrador

EDITORA LABRADOR
Diretor editorial: Daniel Pinsky
Endereço: Rua Dr. José Elias, 520
Alto da Lapa, 05083-030 – São Paulo-SP
Telefone: +55 (11) 3641-7446
Site: http://www.editoralabrador.com.br
E-mail: contato@editoralabrador.com.br

A reprodução de qualquer parte desta obra é ilegal e configura uma apropriação indevida dos direitos intelectuais e patrimoniais do autor.

Este livro é uma obra de ficção. Todos os locais, empresas, nomes de pessoas vivas ou mortas são produtos da imaginação do escritor. Qualquer semelhança com a realidade é mera coincidência.

Dedicatória

Meus agradecimentos são dirigidos às pessoas que contribuíram para a elaboração desta obra e àquelas que participaram da formação de meu caráter e incentivaram um amor incondicional à leitura: meus amados pais, Raul Romero e Rosa Romero.

Já passava das dez horas, o dia estava frio e chuvoso, quando, de repente, entrou no pub aquela figura feminina, toda molhada e inquieta. A garota pediu ao barman uma dose do seu melhor uísque. Não tinha como não notá-la! Bonita e com aqueles lábios que chamavam a atenção de qualquer mortal.
    Ele se aproximou da garota e foi logo perguntando:
    — Você está bem?
    Ela mal olhou para ele. Ficou girando o copo na mão. Ele tornou a perguntar:
    — Você está bem? Posso ajudá-la em alguma coisa?
    Sem olhar, ela respondeu:
    — Pode, sim! Me deixe beber sossegada.
    Não foi a resposta que ele esperava, mas já era alguma coisa. Reformulou a pergunta para ser mais direto:
    — Eu nunca a vi por aqui antes: está à procura de algo?
    — Sim, acertou! Estou querendo ficar sozinha.

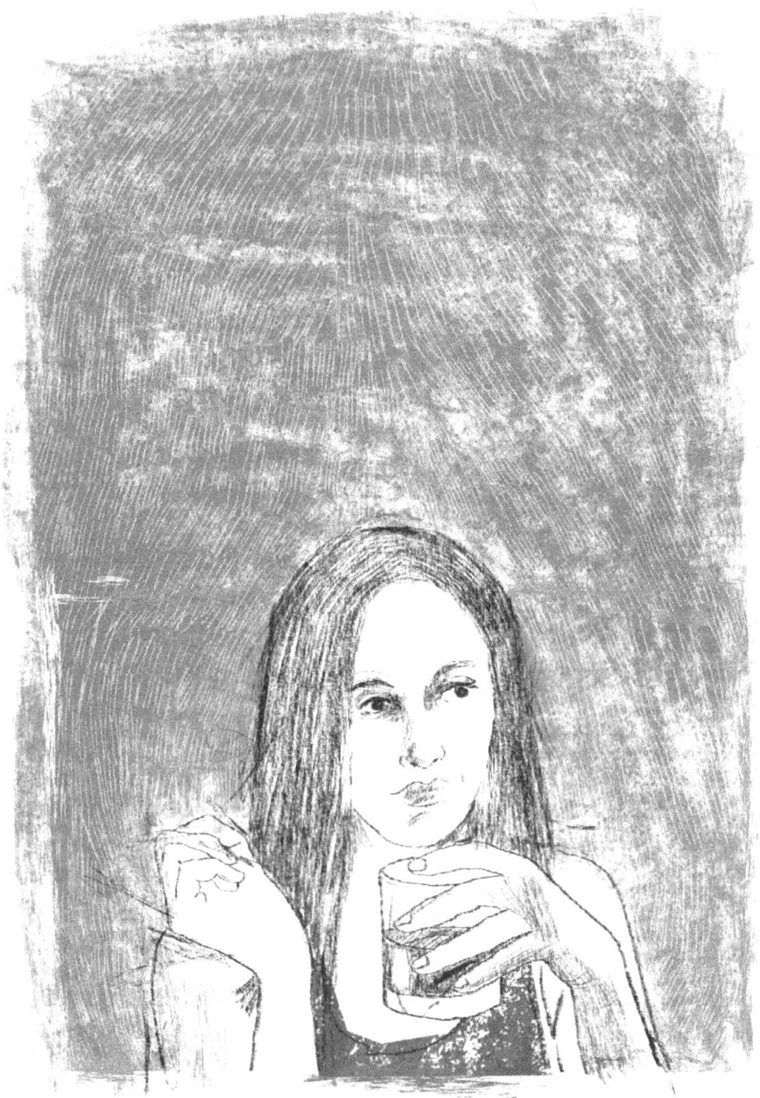

— Está acontecendo alguma coisa que a perturba? Posso ajudá-la?

— Acho que o senhor não está me entendendo: estou a fim de ficar sozinha!

— Ok! Já entendi. É que vejo milhares de pessoas entrarem e saírem daqui, e muitas vezes elas buscam na bebida uma resposta que solucione seus problemas.

— Então, por que o senhor não vai atrás dessas pessoas para tentar ajudá-las e me deixa aqui sozinha em paz?

— Presenciei muitas vezes essa situação na qual você se encontra, mas grande parte das pessoas não a aceita e acha que pode conseguir ajuda na bebida ou nas drogas.

Diante disso, a garota passou a olhar direto nos olhos dele. Era tudo o que ele desejava naquele momento.

— Se eu falar, o senhor promete me deixar em paz?

Não querendo perder a oportunidade, ele consentiu com um sinal.

— Há cerca de um ano, meu noivo morreu. Como se não bastasse, perdi meu emprego e, agora, meu aluguel está atrasado. Pronto! Agora o senhor pode me deixar beber sossegada?

— Sinto muito por suas perdas, mas não é assim que resolvemos nossos problemas.

— Não tem "nós"! Só tem "eu". Os "meus" problemas. Bob, mais um duplo! O senhor me dá licença, tenho que ir ao toalete.

Na volta, Ruth não viu mais o homem com quem estava conversando. Virou-se para o barman e perguntou:

— Bob, você viu para onde foi aquele senhor que estava conversando comigo?

— Não havia ninguém conversando com a senhora!

Sem entender, Ruth continuou a bebericar o uísque. De repente, sentiu uma mão no ombro. Virando-se, disse:

— Achei que o senhor tivesse ido embora finalmente!

Para seu espanto, não era o homem com quem havia conversado pouco antes, e sim, um rapaz que foi logo se apresentando:

— Vejo que me confundiu com algum conhecido seu. Meu nome é Aroldo.

— Desculpe, achei que fosse outra pessoa!

— E essa pessoa tem nome?

— Sabe que não sei? E vou ser franca: não estou a fim de papo. Ficar no meu canto é tudo o que desejo neste momento.

— Desculpe, notei que estava bebendo sozinha. Seu encontro não aconteceu?

— Quem disse que eu estava esperando alguém? Era só o que me faltava! Outro!

— Não quero atrapalhar, mas não é chato beber sozinha?

— Não sei, ainda não consegui esse feito. Você é o segundo que vem me aporrinhar[1] hoje.

— É que notei que você está com algum tipo de problema.

— Só falta você dizer que já viu milhares de pessoas nessa mesma situação.

---

[1]. Aborrecer, atormentar, atazanar, azucrinar.

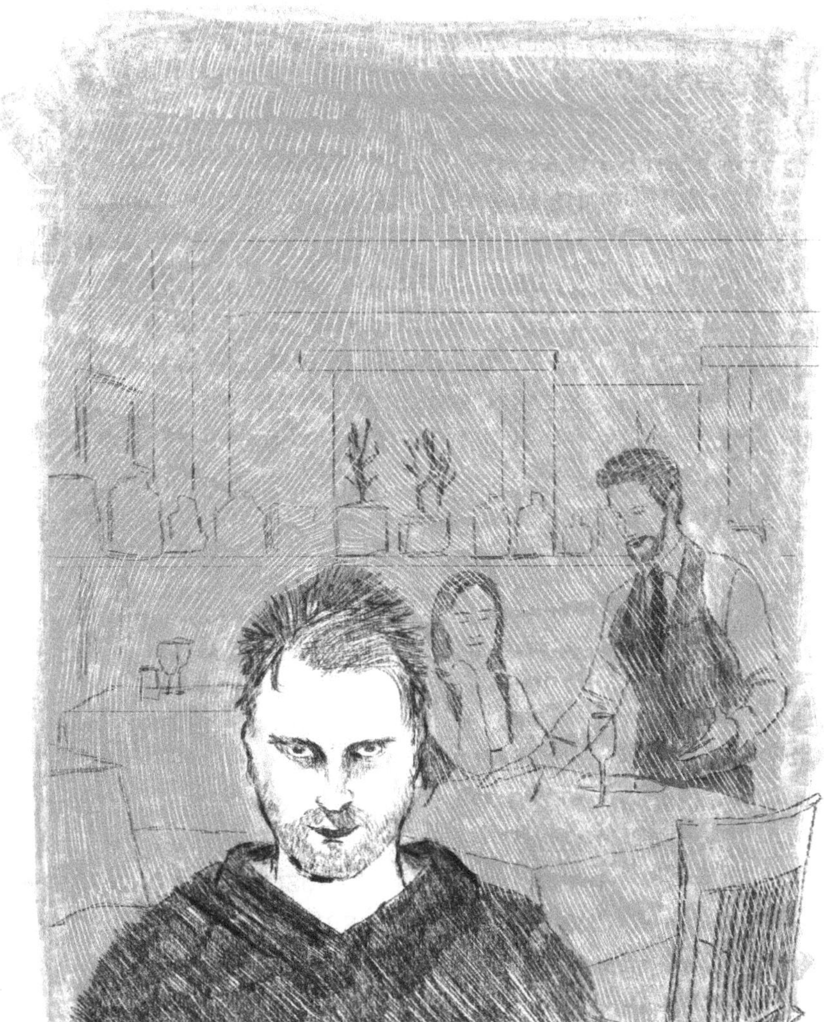

— Não era bem isso que eu ia falar, mas a ideia é essa.
— Por favor, deixe-me beber sossegada.
— Claro, mas antes você me diria seu nome?
— Se eu disser, promete me deixar beber em paz?
— Prometo!
— Meu nome é Ruth.
— Prazer, Ruth, tenha um bom dia.

Pelo vidro do balcão, Ruth acompanhou o rapaz já na rua.

— Bob! Pendura mais essa!
— Pode deixar, dona Ruth. Tenha um bom dia!

Ruth acenou em agradecimento e saiu. Na rua, seguiu até o ponto de ônibus e aguardou algum tempo até o veículo chegar. No trajeto, de cabeça baixa, lágrimas rolaram pelo seu rosto, e alguém se aproximou, perguntando:

— O lugar está ocupado?

De cabeça baixa, respondeu:

— Tem alguém sentado aí, por acaso?
— Vejo que seu humor não mudou em nada.

Reconhecendo a voz, Ruth levantou os olhos e deu um leve sorriso.

— É claro que pode.
— Com sua licença.
— O senhor me deixou falando sozinha no pub.
— Me desculpe, tive de sair às pressas. E também não sabia se estávamos tendo uma conversa.
— Bem, acho que sim.
— Você está indo para casa?
— Sim, estou, desço no próximo ponto.
— Que coincidência, é o meu ponto também! Tem

uma praça lá, podemos conversar um pouco?

Sem pensar, Ruth aceitou o convite. Tinha alguma coisa naquele homem que a intrigava.

— Mas só posso ficar um pouco, pois tenho de ir logo para casa.

— Vai levar apenas alguns minutos.

Chegando à praça, sentaram-se lado a lado.

— O senhor ainda não me disse seu nome. O meu é Ruth.

— Eu sei. Qual é o verdadeiro problema que está perturbando você?

— Acho que o senhor já sabe: além do desemprego e do aluguel atrasado, sinto muita falta de meu noivo, que está morto. Ele aparece em meus sonhos quase todas as noites.

— Entendo...

— Como pode entender se mal me conhece?

— Já vi esse filme antes. Conheci muitas pessoas com esses mesmos problemas.

— Tenho vontade de sumir, de desaparecer da face da Terra. Às vezes, penso em fazer coisas malucas.

— Como o quê, por exemplo?

— Já pensei em tirar minha própria vida.

— Se acha que com essa atitude vai resolver todos os seus problemas, siga em frente! Dê fim a ela.

Com um olhar de espanto e sem entender aquela resposta, Ruth encarou o homem e disse:

— Nossa! Achei que o senhor fosse me dizer outra coisa!

— Grande parte das pessoas acha que o caminho mais fácil para resolver os problemas é a morte. Mas

— continuou, em um tom irônico — estão enganadas. Quem tenta resolver todos os problemas de uma só vez acaba por arranjar outro problema. Como morreu seu noivo?

— Ele estava com uma grave doença degenerativa, esclerose lateral amiotrófica,[2] e ficou internado por vários meses no hospital.

— Entendo...

— Ele insistia para eu deixá-lo e não visitá-lo mais. Eu o amava muito e não quis obedecê-lo. Não parei de visitá-lo. Até o dia em que o inevitável aconteceu.

O homem escutava em silêncio.

— E hoje, além de estar desempregada e com o aluguel atrasado, tenho pesadelos com ele.

— Você acredita em Deus? E em vida após a morte?

Ruth se espantou com a pergunta. O homem continuou, aprofundando-se no assunto:

— Você e ele têm uma ligação espiritual muito forte ainda.

— Ah, não acredito nessas bobagens!

— Mas deveria acreditar!

Sentindo-se incomodada com o rumo que a conversa tomava, Ruth abreviou o papo:

— Bom, o senhor vai me desculpar, mas tenho de ir embora. Agradeço o interesse e espero que tenha uma boa tarde.

Levantou-se apressada e foi se retirando. O homem se despediu educadamente:

---

[2]. Doença degenerativa do sistema nervoso que acarreta paralisia motora progressiva e irreversível.

— Espero que tenha uma boa tarde e desejo boa sorte em suas escolhas.

***

No caminho de volta para casa, Ruth ficou pensando no diálogo com aquele estranho homem: "Outras vidas? Escolhas? O que será que esse camarada tentou me dizer?".

No dia seguinte, levantou bem cedo. Havia dormido muito por causa do que passara na véspera e pelo encontro com aquele homem estranho.

"Vou ver aquele anúncio de emprego. Espero que a vaga ainda esteja aberta", pensou.

Na rua, em frente ao endereço da vaga, encontrou Aroldo. Uma fila se formara ali.

— Que bom vê-la novamente! — disse ele.

— Você por aqui? Também está à procura de emprego?

— Não, só estava passando e a reconheci.

— Você me viu só uma vez e consegue me reconhecer entre tantas pessoas?

— Sim, tenho essa facilidade.

— Me diga então: o que está fazendo aqui, já que não está procurando emprego?

— Como disse, estava passando.

— Certo! Essa parte eu já entendi. Se não quer responder, tudo bem.

— Vejo que está mais disposta nesta manhã! Ontem você estava preocupada e angustiada.

— Verdade, estava mesmo. Hoje resolvi cuidar dos meus problemas e tentar resolver um de cada vez.

— Que bom saber disso. E já esqueceu o noivo?

— Não me lembro de ter falado com você a respeito de meu noivo!

— Você estava bebendo muito, acho que não se recorda de tudo o que me contou.

— Não mesmo! Desculpe-me, acho que ontem exagerei na bebida.

— Ele sofreu muito antes de morrer, e você se culpa por esse sofrimento. Não é isso?

— Pelo visto, falei mesmo sobre ele com você. Sinto-me culpada por não estar com ele no momento em que mais necessitava. Acho que poderia ter feito bem mais por ele.

— Com certeza você fez aquilo que estava ao seu alcance e não poderia ir além.

— Mas me sinto culpada.

— O tempo vai se encarregar de apagar essas lembranças.

— Quem disse que quero esquecê-lo? Vou me lembrar dele para sempre, pelo resto da minha vida.

— Para sempre é muito tempo. Ele não gostaria que você o esquecesse, mas que guardasse somente as boas lembranças dele.

— O último ano foi terrível. Perdi o emprego por querer estar com ele e, consequentemente, fiquei sem poder pagar os últimos três meses de aluguel. Agora estou para ser despejada.

— Entendo perfeitamente essa situação complicada pela qual você está passando — disse Aroldo e, despedindo-se de Ruth com certo ar de desprezo, continuou: — Preciso voar. Tenho outras visitas para fazer ainda hoje.

— Você trabalha com vendas? É vendedor?
— Vamos dizer que sim, seria mais ou menos por aí.
Nesse momento, Ruth foi chamada para a entrevista. Pouco depois, saiu desapontada por não ter conseguido a vaga.
— Inferno de vida! Parece que tudo está dando errado. Tenho que dar um jeito nessa situação. Estou precisando de uma bebida.
Retornou ao pub e pediu uma bebida ao barman:
— Bob, me vê "aquele", por favor.
— Demorou, dona Ruth! Aqui está seu uísque!
Estava no terceiro copo, quando Aroldo apareceu:
— Que bom encontrá-la novamente aqui. Achei que não a veria mais!
— Também não esperava vê-lo tão cedo.
— Conseguiu o emprego? Pelo visto, não.
— Se sabe a resposta, por que pergunta?
— Nada está dando certo em sua vida, não é mesmo?
— Quem se importa com isso? Você?
— Eu me importo com todos que estão nessa mesma situação. Deixe-me ajudá-la.
— Só quero ficar sozinha com meus problemas, e não há nada que você possa fazer para me ajudar.
— Mas eu gostaria de fazer algo por você.
— Se realmente quer me ajudar, faça o seguinte: está vendo aquela porta de entrada?
— Sim.
— Pois bem, saia por ela e, quando estiver na calçada, procure o caminho da sua casa. E fique por lá.
— Entendi o recado.
— Que bom, achei que teria que desenhar para você.

— Até qualquer dia, então.

Passaram-se horas. Ruth continuava a beber e a pensar no que faria para resolver seus problemas, mas não conseguia encontrar uma solução. Tinha uma reserva em dinheiro que daria para pagar os aluguéis atrasados, mas não teria como se sustentar por muito tempo. Mas o que mais a atormentava eram os recorrentes pesadelos com o noivo. Até que de repente...

— Você está bem?

Ruth reconheceu a voz. Virou-se e viu-se novamente diante daquele homem estranho. Um calafrio percorreu seu corpo.

— O senhor de novo? Não me diga que estava passando e resolveu entrar. Por acaso está me seguindo?

— Isto aqui é um lugar público. Costumo vir aqui sempre. Este pub é bem movimentado, frequentado por pessoas de todos os tipos e com histórias interessantes como a sua.

— Sei... É estranho que eu nunca o tenha visto por aqui. A não ser ontem, quando nos conhecemos.

— Sou bastante discreto. Gosto de observar e ficar na minha.

— Conheço bem seu tipo. Um pervertido, um *voyeur*.[3]

— Você está fazendo mau juízo da minha pessoa. Não sou desse tipo.

— Desculpe, não foi minha intenção ofendê-lo.

— Não tem importância, às vezes a gente fala sem pensar.

---

3. Indivíduo que obtém prazer sexual ao observar a vida privada, íntima, de outras pessoas.

— Agora o senhor me deixou envergonhada. Não queria magoá-lo nem tampouco afastá-lo. É que estou com tantos problemas que acabo descontando em qualquer pessoa que se aproxime.

— Pelo visto, não confia em ninguém, não é mesmo?

— Infelizmente, não.

— Deveria, pois o fardo se torna mais leve quando dividimos a carga com alguém.

— Só que esse fardo eu tenho que carregar sozinha. Não quero e não devo dividi-lo com ninguém.

— Se é assim que pensa, assim será! *"O pensamento é vivo e a palavra tem força"*. Vou deixá-la em paz. Até qualquer dia.

Naquele momento, Ruth percebeu que o homem estranho estava certo, que tudo o que ela estava fazendo ou pensando teria de ser reformulado. E deveria sempre refletir antes de agir.

— Fique bem — disse o homem, dando-lhe as costas em silêncio e deixando-a à vontade.

Ruth tomou outra dose, e depois mais outra. Já bem atrapalhada das ideias, viu o barman se aproximando, preocupado com ela.

— Manda outro, Bob.

— Desculpe, dona Ruth, não acha que já bebeu o suficiente?

— Você por acaso é meu pai, ou vai pagar minhas despesas? Não estou perguntando. Trate de colocar outra dose. Um duplo desta vez!

— A senhora é quem sabe, dona Ruth!

Mesmo atormentada por tudo pelo que estava passando, Ruth mantinha o pensamento na conversa que

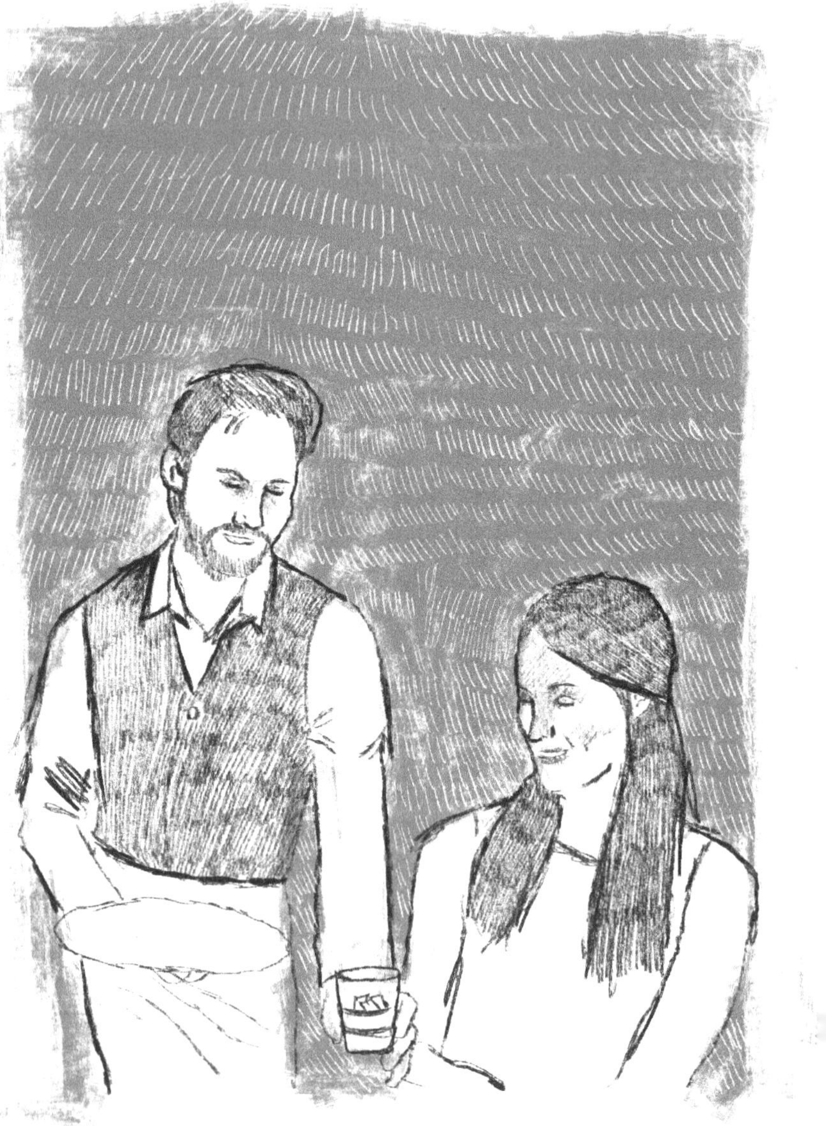

havia tido com o homem estranho. E ficou repetindo suas palavras: "*O pensamento é vivo e a palavra tem força*". As palavras ecoavam em seu cérebro. Sua vontade era procurar aquele homem, mas como, se nem o nome dele sabia? Onde procurar? Por onde começar? Lembrou-se de que poderia perguntar a alguém que conhecia grande parte das pessoas que frequentavam o lugar, o barman:

— Bob, você conhece grande parte dos frequentadores deste pub, não é mesmo?

— Sim, dona Ruth.

— Tenho conversado aqui com um senhor nesses últimos dias, sabe quem é?

— Não sei a quem a senhora está se referindo, dona Ruth.

— Desculpe por ter tratado você daquela maneira agora há pouco, Bob. Estou desesperada e acabo descontando até em você, meu amigo.

— Aceito suas desculpas, dona Ruth, mas não me recordo de vê-la conversando com alguém por esses dias.

— E Aroldo? Esse você conhece?

— Aroldo? Não me recordo desse nome. Não estou conseguindo associar nome com pessoa.

— Ele é mais novo, acho que tem uns trinta e poucos anos.

— Desculpe, dona Ruth, mas não me recordo.

— Puxa, Bob! Sei que fui grossa, magoei você, mas bem que você poderia me ajudar...

— Adoraria ajudá-la, mas não sei a quem a senhora está se referindo.

— Tudo bem. Se por acaso você se lembrar de algu-

ma coisa, me avise. E pendura mais essa.
— Pode deixar, já está anotado, dona Ruth.

***

Voltando para casa, Ruth resolveu fazer o trajeto a pé. "São alguns quilômetros, será bom para curar o porre", pensou. Foi relembrando grande parte das conversas que teve com aquele homem misterioso e com Aroldo. De repente, teve a nítida impressão de estar sendo observada. Olhou para os lados como quem procura alguma coisa ou alguém, mas não viu nada de incomum. Uma hora mais tarde, chegou exausta em casa. Entrou, tirou a roupa ainda a caminho do banheiro e foi direto tomar uma ducha.
— Isso era tudo de que eu precisava nessa hora!
Ainda no chuveiro, ouviu alguém chamando à porta. Olhou pela janela e avistou o senhor Hassan, o dono da casa, com cara de poucos amigos. Parecia nervoso, andando de um lado para o outro e chamando por ela várias vezes.
— Dona Ruth! Dona Ruth! Dona Ruth!
Pensou: "Mais essa agora! Ele está aqui para cobrar os aluguéis atrasados. O que direi a ele? Meu Deus, o que farei? Vou ser despejada! Onde vou morar? Não consigo nem arranjar um emprego! E nem porta dos fundos essa casa tem! Que vergonha!".
— Sei que a senhora está aí dentro, vi quando entrou! Dona Ruth! Dona Ruth!
Sem opção, Ruth respondeu em voz alta:
— Já estou indo, estou saindo do banho! Tenha um

pouco de paciência!

— Vou esperar, não estou com pressa. Tenho o resto do dia para falar com a senhora.

"Ah, que homenzinho irritante", disse para si mesma. "Que desculpa vou dar dessa vez? Não tenho emprego, e se pagar minha dívida com ele, fico sem dinheiro para comer. Inferno de vida!"

Alguns minutos mais tarde, Ruth saiu para atender o dono do imóvel.

— Achei que a senhora ia se esconder a vida inteira aí dentro. Pague o que me deve ou desocupe a casa.

Sem ter mais o que inventar, Ruth começou a lhe contar em voz baixa, envergonhada, o motivo do atraso nos aluguéis:

— Perdi meu emprego e estou me esforçando para conseguir outro. Não está fácil, mas é uma questão de tempo. Vou conseguir, o senhor vai ver.

— Desculpe, minha cara, mas não sou a Madre Teresa e tenho outras pessoas interessadas no imóvel caso a senhora não consiga pagar o que me deve até o final desta semana.

— O senhor bem que poderia entender minha situação.

— Caridade você encontra em igrejas ou com o governo. Não tenho que entender aquilo que se passa com a senhora. Caramba! São três meses de atraso, foi dado o aviso! No sábado estarei de volta: ou recebo o que me é devido, ou é o despejo.

O homem deu as costas e se retirou em silêncio. Ruth sentou na calçada e começou a chorar. Um filme passou em sua mente, recordando-a dos momentos

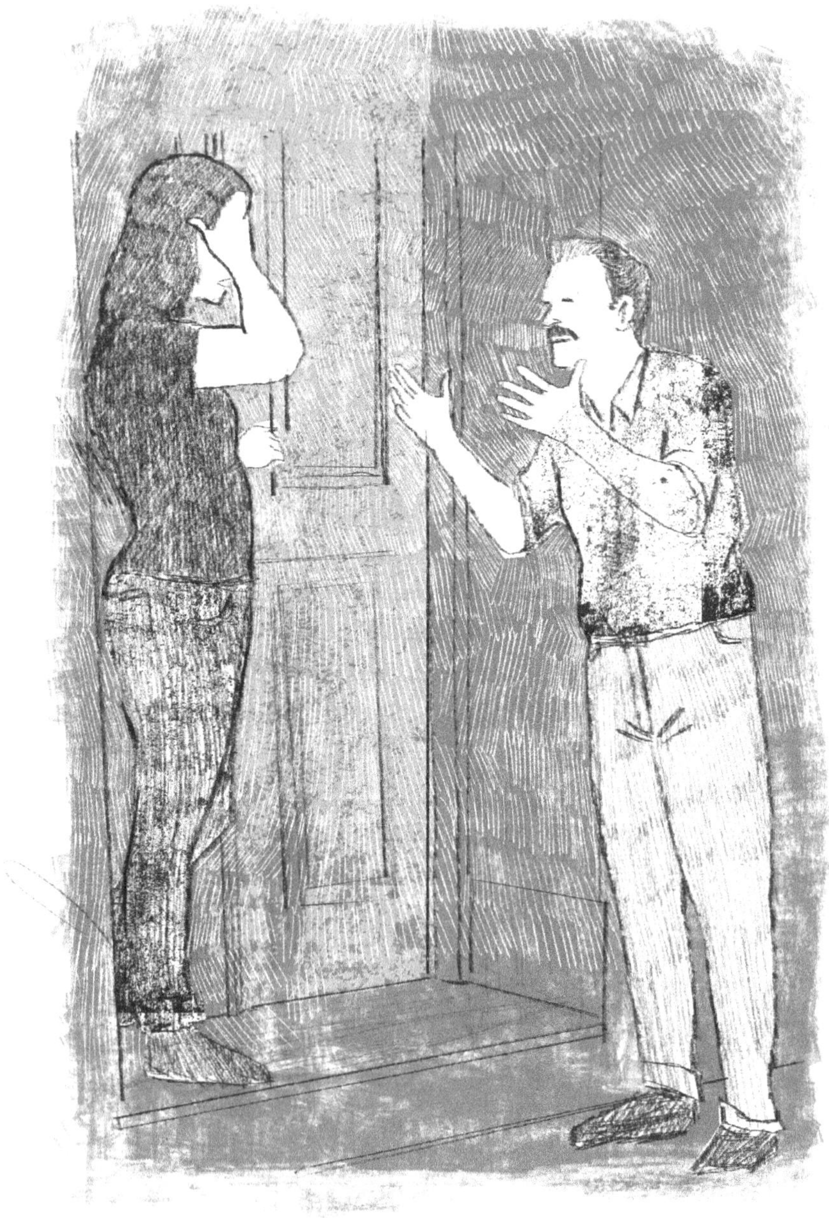

alegres que tinha passado ali. Agora era só tristeza. Era desesperador ter de buscar outro lugar para morar. "Inferno de vida! Tenho de reagir: não posso fraquejar neste momento!", pensou.

Continuou ali, no meio fio em frente à sua casa, de cabeça baixa, quando ouviu alguém lhe falar:

— Posso ajudá-la em alguma coisa?

— Nem vou perguntar o que o senhor está fazendo aqui. Estou desesperada. O dono da casa acabou de sair daqui. Ele me deu até sábado para quitar minha dívida ou procurar outro lugar.

Dizendo isso, levantou-se e foi entrando em casa, mas percebeu que o homem não a seguia. Voltou à porta e perguntou:

— O senhor não vem?

— Só se você me convidar para entrar.

— Não seja bobo, entre, venha, por favor. Só não repare na bagunça. A casa é simples mas é limpinha. Sente-se, por favor.

— Agradeço o convite, mas estou bem assim.

— Não seja bobo, já temos certa amizade.

— Temos mesmo. Então me diga uma coisa: qual é o motivo do choro desta vez? — perguntou o homem, entrando na sala.

— Acho que juntei tudo. O desemprego, o aluguel atrasado e a saudade do meu noivo.

— Você teve um daqueles sonhos com ele?

— *Pesadelos*, o senhor quer dizer! Sim, sempre. Às vezes, durmo com a luz acesa de tanto medo que sinto.

— Isso é apenas uma fase. Vai passar, tenho certeza.

— O que está acontecendo não é um *videogame*, para

eu ficar passando de fase.

— Não, não mesmo! Só que é um momento pelo qual você tem de passar, e ninguém pode fazer isso por você. Você terá de encontrar um equilíbrio e ultrapassar esses obstáculos que surgiram no seu caminho.

— O senhor é padre ou pastor? Aliás, não sei nem seu nome ainda!

Nesse momento, um ruído vindo de um outro cômodo chamou a atenção dos dois.

— Nossa, o que será esse barulho?! Está vindo do meu quarto! — disse Ruth.

Ao entrar no quarto, ela viu o espelho da cômoda quebrado no chão. "Como esse espelho pode ter se quebrado?", pensou. "Estava fixo! Que estranho. A janela está fechada e trancada... Vento não foi".

Voltando para a sala, onde o homem continuava em pé, perto da porta do quarto, Ruth contou-lhe o ocorrido.

— Esse espelho da cômoda foi meu noivo quem mandou fazer, uns três anos atrás, e era praticamente a única coisa física que eu tinha dele...

— Entendo... Muitas vezes nos apegamos a coisas materiais e damos mais valor a elas do que a Deus ou às pessoas.

— Tem certeza de que o senhor não é nenhum pregador? Desses que ficam enchendo a cabeça do povo com a suposta palavra de Deus?

— Não vou entrar no mérito da questão, mas saiba que muitas vezes temos que nos apegar a algo, religioso ou não.

— Não entendi: religioso ou não?

— Religioso é quem frequenta um templo ou uma

igreja, faz orações e está em comunhão com Deus. Do outro lado estão as pessoas que preferem a vida mundana, cheia de armadilhas, e na companhia de almas perdidas.

— Puxa, até parece que o senhor me conhece! Não frequento igrejas ou templos, mas gosto de tomar uma bebidinha de vez em quando em paz no pub.

— Paz que você não consegue encontrar do lado de fora do pub, não é? Muitas vezes, pessoas buscam encontrar em uma religião aquilo que perderam em outra. Tenha fé e use seu livre-arbítrio[4] para resolver algumas questões que a preocupam. Comece pelo aluguel atrasado. Fale com o dono do imóvel, pague uma parte, negocie — disse o homem, ainda acrescentando: — Tenho de me despedir. Tenho que visit...

— Falando assim, parece fácil — Ruth o interrompeu.

— Não é fácil, mas pode ser feito. Como eu ia dizendo...

Ruth completou:

— "*Tenho outras visitas para fazer*". Não é o que o senhor ia dizer?

— É quase isso. Tenho que viajar e não sei quando volto para esta cidade. Se é que volto...

Nesse momento, Ruth se assustou e quis saber o motivo da viagem do estranho homem. Mas não podia ser muito direta, pois não tinha intimidade para questioná-lo.

---

4. Denota a livre escolha, as decisões livres. No cristianismo, refere-se à capacidade que as pessoas têm de escolher de acordo com a própria vontade.

— Que pena essa sua viagem! Bem agora que estava me acostumando com o senhor, conhecendo-o melhor e criando uma amizade...

— Sinto muito, mas tenho que ir.

— Puxa! Justo no momento em que eu mais necessito de uma palavra e um ombro amigo. Mas tudo bem... Tenho certeza de que o senhor vai voltar, sinto isso no meu coração. Vai com Deus.

O homem se despediu de Ruth, e ela o acompanhou com os olhos até perdê-lo de vista. Fechando a porta, atirou-se no sofá e começou a relembrar coisas do passado, quando estava no hospital junto ao noivo. E pegou no sono.

Acordou sobressaltada: "Que pesadelo horrível!!! Não me recordo de ter esse tipo de pensamento. Meu coração parece que vai sair pela boca. Preciso tomar um pouco de água".

Abriu a torneira da pia da cozinha, mas não saiu nada. Foi até o banheiro, mas ali também a torneira estava seca. "Maldição! Cortaram a água!"

Pegou as correspondências acumuladas ao lado da porta e, ao tentar acender o abajur para ler o aviso de que a água seria cortada, constatou que a luz também fora cortada, provavelmente por falta de pagamento.

"Inferno de vida!", pensou. "Droga! Agora estou entendendo a frase 'Desgraça pouca é bobagem'. O que mais falta acontecer? Cair dura aqui? Maldição! Droga! Inferno do capeta!"

Nesse momento, teve a sensação de que havia alguém à porta. Foi até lá e, surpresa, gaguejou:

— O se... sen... senhor aqui?

— Desculpe, esqueci meu casaco nas costas da cadeira. Poderia pegá-lo, por favor?
— Sim, claro. — Foi até a sala e voltou em poucos segundos. — Aqui está.
— Você está bem? Parece abalada. Aconteceu mais alguma coisa?
— Acredita que minha água e minha luz foram cortadas? Onde vou parar, meu Deus? É um absurdo! As contas só estavam alguns dias atrasadas!
— É, minha cara! A vida não está fácil para ninguém... E ainda por cima com esses pesadelos assombrando você.
Confusa, Ruth despediu-se novamente daquele estranho homem:
— Espero que o senhor faça uma boa viagem e volte logo para cá.
— Acredito que minha missão nesta cidade ainda não tenha terminado. Creio que voltarei em breve.
Ruth não disse nada e acenou um adeus, novamente seguindo o homem com o olhar até ele desaparecer de vista.
"Puxa vida! Quando penso que vou conseguir resolver parte dos meus problemas, me aparecem outros piores. Até esse novo amigo, cujo nome ainda não sei, vai embora. Será que Deus é tão mau assim, que se diverte brincando com o destino das pessoas?"
Fechando a porta de sua casa, Ruth seguiu em direção ao pub.

***

— Dona Ruth, que prazer recebê-la e poder servi-la novamente hoje. Vai querer o de sempre?
— Sim, Bob, por favor.
— A senhora me parece abatida! Posso ajudá-la?
— Agradeço, Bob, mas gostaria de ficar sozinha um pouco.
— Desculpe, dona Ruth, não queria ser inconveniente.
— Você não está sendo inconveniente, Bob, apenas gostaria de ficar um pouco sozinha com meus problemas, se Deus assim o desejar.
Bob afastou-se e foi atender alguns fregueses que haviam acabado de entrar. No mesmo instante, Ruth ouviu a voz de alguém:
— Pena que não bebo, senão faria companhia a você.
Ruth reconheceu a figura do homem parado ao seu lado. Era Aroldo. Rapidamente, um filme passou em sua cabeça. Alguma coisa entre *anjos e demônios*, entre *o certo e o errado*, a luta eterna entre *o bem e o mal*.
— Muito estranho isso! — disse Ruth.
— O que é estranho?
— Nada, não, só pensei em voz alta. O que você está fazendo aqui? Não diga que entrou por acaso...
— Não, claro que não! Vi quando entrou e achei por bem ver se você precisava de algo. Quem sabe podemos conversar um pouco para eu me afastar do estresse.
— Você está estressado? E por que achou que eu gostaria de bater papo com você?
— Meu chefe está estressado, não eu. Quando não consigo bater a meta, coisa que é muito raro acontecer, ele fica uma fera. Vira um demônio.
— Deve ser muito bravo esse seu chefe.

— Sim, ele é muito esquentadinho.
— Se ele tivesse metade dos meus problemas, aí sim ele ficaria vermelho de raiva como estou agora.
— Sim, também acho.

Ruth começou a pensar nas últimas conversas que tivera com Aroldo e de repente se lembrou de um ponto específico, quando Bob lhe disse que não havia ninguém conversando com ela e que não conhecia nenhum freguês com as características que ela descrevera.

— Engraçado tudo isso — murmurou.
— Falou alguma coisa? É comigo?
— Não, só pensei em voz alta novamente. No que mesmo você trabalha?
— Sou coletor de almas perdidas — ele respondeu com certa ironia na voz.
— Muito engraçado — disse Ruth.
— Na verdade, trabalho na área motivacional. Procuramos ajudar as pessoas em situações complicadas, semelhantes à sua.
— Verdade? Que maravilha! O que devo fazer para ter sua ajuda?
— Muito simples. Basta aceitar minha oferta e...

Nesse momento, o barman dirigiu-se a Ruth.

— Dona Ruth, desculpe incomodá-la, mas é que outro dia ouvi a senhora dizer que estava procurando emprego.
— Sim, Bob! Estou sim à procura de emprego, mas está difícil. Você sabe de alguma coisa?
— A garçonete que trabalha aqui pediu demissão e o patrão está à procura de uma pessoa para a vaga. Posso indicar a senhora, se desejar.

— Tenho problemas no trato com as pessoas, mas estou necessitando muito de um emprego. Prometo me esforçar, Bob.

— Só tem um problema, dona Ruth. A senhora não pode beber durante o horário de trabalho.

— Claro! Com toda certeza, Bob. Vou me comportar. Não vou decepcioná-lo pela indicação da vaga.

Voltando-se para Aroldo, espantou-se ao não vê-lo mais ali. Mas decidiu não comentar com Bob sobre o sumiço do estranho homem, concentrando-se na proposta de emprego. Agora, só pensava no emprego.

— Bob, quando começo a trabalhar? Estou superempolgada.

— O patrão me deu carta branca para fazer um teste com a senhora.

— Teste? Então não serei contratada?

— A senhora terá uma semana de experiência, e depois ele vai decidir se contrata a senhora. Aceita? Começa amanhã às 8h30.

— Claro que aceito. Estarei aqui antes do horário. Agradeço de coração pela força e pela oportunidade que está me dando.

— Não agradeça, e sim demonstre sua gratidão com trabalho, empenho e responsabilidade.

Despediu-se de Bob e foi para casa, tecendo planos para o futuro no caminho. "A primeira coisa que farei será falar com o senhor Hassan e dizer que arranjei um emprego, que começo amanhã", pensou. "Agora, vou poder pagar todas as contas atrasadas e voltar a tomar um banho decente."

Poucos minutos depois, Ruth encontrou justamente

o senhor Hassan.

— Que bom encontrá-lo, senhor Hassan.

— Bom seria se a senhora desocupasse a minha casa antes do despejo! Olha, tem muita gente querendo alugar aquela casa, uma fila enorme.

— Senhor Hassan, vou pagar tudo o que lhe devo.

— Não acredito! Bem, então a coisa muda de figura. O dinheiro está aí com a senhora? Vamos acertar logo o que me deve.

— Calma, me deixe apresentar uma proposta de pagamento.

— Já vi tudo: você não tem o dinheiro para me pagar.

— Não, mas logo vou ter. É só o senhor ter um pouco mais de paciência e ficar calmo.

— Calmo? Sou um pé de maracujá de tão calmo. Diga logo qual é a proposta. Tenho quase certeza de que vai ser mais uma desculpa ou alguma promessa que não poderá cumprir.

— Por Deus, senhor Hassan, começo a trabalhar amanhã no pub. Vou ter o dinheiro para lhe pagar, tostão por tostão. Só peço um pouco mais de paciência.

— Ok, dona Ruth! Vou lhe dar mais essa chance e acho melhor que cumpra o que está me prometendo. E saiba que o dono do pub é um grande amigo meu, de longa data!

— Mais uma razão para o senhor confiar no que eu digo: as coisas vão começar a melhorar, o senhor vai ver.

— Assim espero, dona Ruth, assim espero.

Já em casa, Ruth tratou de separar uma roupa para seu primeiro dia no novo emprego. Estava radiante de felicidade: seus problemas começavam finalmente a ser resolvidos — um de cada vez, como sugeriu aquele estranho homem. Lembrando-se dele, pensou: "Como estará sua viagem? O que estará fazendo? Estará com alguém? Com o que será que trabalha? Afinal, quem ele é? É um homem muito estranho...".

Na manhã seguinte, acordou sobressaltada, toda molhada de suor, assustada com mais uma noite de pesadelos. "Estou atrasada para meu primeiro dia no pub!", pensou. "Não posso e não devo decepcionar meu amigo Bob. Já são sete e meia, e eu com essa cara de sono. Vou tomar um banho rápido, comer uma fruta e beber um copo de suco. Esse será meu café da manhã."

Perto do pub, dentro do coletivo, Ruth teve a nítida impressão de ter visto seu noivo do outro lado da calçada. Pensou: "Será que estou vendo coisas? Acho que é a falta de uma boa noite de sono e um belo café da manhã. Só me faltava essa!".

— Seja bem-vinda, dona Ruth! Chegou no horário, o patrão vai gostar de saber.

— Pode me chamar de Ruth. Afinal, agora vamos ser colegas de trabalho.

— Sim, mas tenho um enorme respeito pela senhora, então será difícil chamá-la de outra forma.

— Tudo bem, meu amigo. Diga-me, o que tenho que fazer?

— O serviço é bem simples. Quando algum cliente chegar, a senhora deve recepcioná-lo, encaminhá-lo até uma mesa e tirar o pedido. Mas, antes disso, quero lhe mostrar o lado de cá do balcão, pois do balcão para fora a senhora já conhece bem.

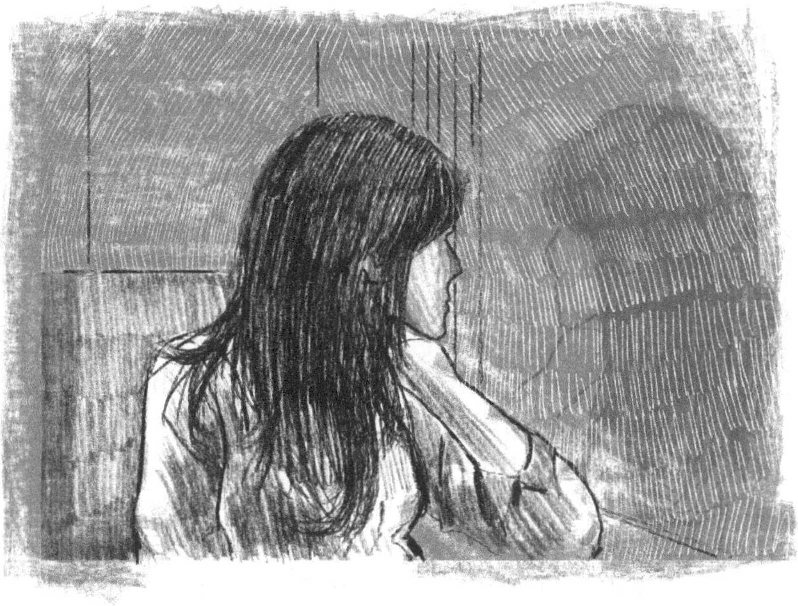

Com um jeito brincalhão, Bob fez um *tour*[5] com Ruth pelo estabelecimento. Mostrou a cozinha, o escritório, a despensa e outros locais da instalação. Ruth foi ouvindo todas as explicações com atenção.

— O horário de funcionamento para os clientes é das dez da manhã às onze da noite, e o seu turno começa exatamente às oito e meia, pois precisamos organizar a bagunça que fica do turno da noite. É uma norma da casa. Tudo bem para a senhora?

— Sim, claro! Nada demais fazer isso. Trabalho é trabalho.

— Bom saber. Tem muita gente que acha um absurdo ter de varrer, lavar e manter o local de trabalho limpo. Acha que só pode fazer aquilo para o qual foi contratada, esquecendo que, se cada um fizer sua parte, ninguém fica sobrecarregado. No nosso caso, somos poucos, e um ajuda o outro dentro das possibilidades. Eu, por exemplo, além de servir o balcão, faço lanches, lavo a louça e, muitas vezes, também varro o chão sem nenhum problema, pois não gosto de trabalhar em ambiente sujo.

— Eu também não: gosto de ambiente limpo e organizado. Estou aqui para ajudar no que for preciso. Você pode contar sempre comigo. E gostaria de saber quando posso falar com o patrão. Ainda não o conheço, Bob.

— Ele está viajando, vai ficar alguns dias fora, mas quando voltar vai querer conhecê-la também.

Depois do *tour*, era hora de abrir as portas aos clientes e dar início ao expediente da manhã. Ruth estava

---

5. Palavra de origem inglesa que quer dizer viagem ou passeio.

ansiosa para receber seu primeiro cliente. Mesas, cadeiras, uniforme, caneta e bloco de anotações: tudo conferido e pronto para ser usado. E, para sua surpresa e espanto, seu primeiro cliente foi o senhor Hassan.

— Bom dia, dona Ruth, faço questão de ser o seu primeiro cliente e conferir de perto a nova garçonete do pub. A outra garota era muito atrapalhada e sem graça. Espero que a senhora seja bem diferente.

— Seja bem-vindo, senhor Hassan. Por favor, entre!

"De simpático, o homem não tem nada", pensou Ruth.

— Traga-me o cardápio, hoje quero pedir uma coisa especial.

— Aqui está o cardápio, fique à vontade para escolher.

— Me traga um beirute e um guaraná com gelo e laranja.

— É pra já, com licença.

Foi para a cozinha apreensiva, mas otimista. Até que esse seu primeiro cliente não estava tão terrível assim, e, por pior que fosse atender o antipático proprietário da casa onde morava, ela não podia perder aquela oportunidade de emprego.

— Aqui está seu pedido, senhor, bom apetite. Estarei por perto se necessitar de mais alguma coisa. Com sua licença.

***

Tudo parecia estar indo bem, até que algo lhe chamou a atenção. Ruth teve a impressão de estar sendo observada. Um intenso calafrio percorreu todo o seu corpo, arrepiando os pelos de seus braços. "Credo em cruz, Ave Maria! Que sensação estranha!", murmurou. Então, notou a presença de Aroldo junto à porta de entrada. Foi até ele e o convidou para entrar, indicando-lhe uma mesa vazia.

— Você parece incomodada, assustada com alguma coisa. Aconteceu algo?

— Não, está tudo bem. Estou surpresa de ver você aqui nesse horário. Sempre nos encontramos bem mais tarde.

— Eu também fiquei surpreso ao ver que você conseguiu um trabalho. Pelo menos uniu o útil ao agradável, não é mesmo?

Ruth não gostou do comentário, e, não podendo responder no mesmo tom de sempre, engoliu em seco e tratou de mudar o rumo daquela prosa, oferecendo-se para atender o homem.

— Desculpa, não posso ficar conversando com os clientes. O senhor deseja alguma coisa?

— Vejo que não gostou do que falei. Agradeço, mas está tudo bem, só vou ficar um pouco e já vou embora.

— Fique à vontade, tenho de atender outras mesas. Qualquer coisa, pode me chamar. Com sua licença.

Concentrada em atender os clientes, Ruth até esqueceu momentaneamente seus problemas. A verdade é que estava surpresa com a própria desenvoltura, pois nunca havia trabalhado diretamente com pessoas, ainda mais com um público tão diversificado como o do pub.

— Dona Ruth — alguém a chamou —, a senhora se esqueceu de mim? Faz um século que estou chamando

e não sou atendido. A senhora fica aí zanzando pelo salão...
— Desculpe, senhor Hassan, o que deseja?
— A conta.
— Aqui está, espero ter atendido o senhor direito.
O homenzinho encarou Ruth e resmungou esta pérola:
— Olha, eu já comi coisa pior e paguei!
Sem saber bem como classificar o que ouvira, Ruth tratou de responder rapidamente:
— Agradeço, senhor Hassan! Vou levar seu elogio ao chefe. Espero ter correspondido a suas expectativas.
— A senhora não é das piores, espero que continue assim.
Ao ouvir aquelas palavras, Ruth teve a sensação de que tirava um peso das costas. O senhor Hassan foi sem dúvida a prova de fogo de seu primeiro dia de trabalho.
No final do turno, bem cansada por ter ficado de um lado para o outro sem poder se sentar, ouviu Bob chamá-la para uma conversa. Ele começou:
— Dona Ruth, a senhora me deixou muito feliz com sua desenvoltura no trato com os clientes da casa. Sei que não é fácil lidar com o senhor Hassan, mas a senhora se saiu muito bem, parabéns!
— Fico contente de ter feito tudo certo. Confesso que estava um pouco apreensiva no começo, mas depois acabei me soltando, e espero que nos outros dias possa fazer ainda melhor.
— Tenho certeza de que fará, dona Ruth, também acredito em seu potencial de melhorar ainda mais.
Na volta para casa, Ruth ficou imaginando o próxi-

mo dia de trabalho e retomou os planos para o futuro. Sua vida começava a tomar um rumo diferente, mas ainda eram muitos os desafios e obstáculos a serem superados e os problemas a serem resolvidos. Não fazia muito, ouvira de um amigo: "Resolva um problema de cada vez, para não acabar arrumando outro". Pensou em voz alta: "É exatamente isso o que vou fazer".

***

No dia seguinte, Ruth acordou antes do despertador, tomou banho e preparou o café da manhã. Fazia muito tempo que não tomava um café assim. Sua vida começava a entrar nos trilhos novamente. Sentia-se feliz e confiante com o que estava acontecendo, a começar pelo primeiro dia no novo emprego.

Resolveu ir caminhando até o pub, para economizar a passagem do ônibus. Cruzou com Aroldo no meio do caminho, mas não lhe deu muita confiança e apertou o passo: o último comentário dele a aborrecera.

— Ruth! Está com pressa? Perdeu a hora?
— Bom dia! Não, é que gosto de andar rápido.
— Posso acompanhá-la?
— Sim, é claro. A calçada ainda é pública.
— Sinto que ainda está chateada com aquilo que falei.
— Já nem lembro o que você disse. Apenas quero chegar logo ao serviço. Está tudo certo. Aliás, "*quem vive de passado é museu*".
— Ótimo, guardar rancor não é bom.
— Já disse, está tudo certo.

Na verdade, Ruth estava bem chateada com Aroldo, mas não queria ser rude, pois ele frequentava o pub e se tornara um cliente fiel. Sabia que teria de tolerá-lo e engolir muitos sapos todos os dias.

— Continuamos amigos?

Ruth fingiu que não ouviu e, ao passar em frente a uma igreja, resolveu entrar e fazer uma oração de agradecimento pelo emprego novo. Tinha ainda alguns minutinhos antes de assumir o batente.

— Vou agradecer por tudo estar começando a entrar nos eixos em minha vida — avisou a Aroldo, que não fez menção de acompanhá-la e comentou:

— Você acha mesmo necessário entrar aí, Ruth? Não vai se atrasar para o serviço?

— Estou com tempo, ainda é cedo.

Entrando na igreja, Ruth sentiu uma leve brisa e um cheiro de vela acesa e incenso que atravessava todo o recinto. Ela não tinha o hábito de rezar, nem sabia como se comportar diante do altar. Não frequentava igreja ou templo, não seguia qualquer religião.

Sentou-se na primeira fileira e ficou examinando tudo à sua volta, como se estivesse à procura de algo. Tudo era novidade. Olhando mais atentamente para o altar, viu bem no alto a imagem de Cristo. Teve a nítida impressão de que a imagem olhava diretamente para ela. Incomodada, trocou de lugar várias vezes, mas era sempre seguida pelo olhar da imagem. Foi recuando para a porta de saída e chegou até a última fileira de bancos, mas a impressão de estar sendo observada pela imagem continuava.

"Como posso me concentrar com esses olhos em

mim?", pensou. Incomodada, ela mal conseguiu fazer as orações de agradecimento e se retirou. Mas não sem antes murmurar: "Desculpe, meu Deus, mas outra hora faço melhor as orações".

***

Chegando ao pub, tratou logo de ajeitar o local para o início do expediente.

— Olá, dona Ruth! Vejo que acordou disposta para trabalhar.

— Bom dia, Bob! Graças a você vou poder trabalhar e pagar minhas contas. Estou muito feliz!

— É bom ter a senhora como colega de trabalho.

— E pare com essa coisa de "senhora" e "dona", Bob. Pode me chamar simplesmente de Ruth.

— Vou tentar, dona Ruth.

Isso a fez sorrir. Ruth nem lembrava há quanto tempo não sorria. Sentia-se feliz e com vontade de viver.

— Que bom vê-la sorrindo. Acho que essa é a primeira vez que a vejo assim.

— Estou muito feliz.

Sentia-se feliz, mas sabia que, bem lá no fundo de sua alma, alguma coisa a incomodava profundamente. Os pesadelos com o noivo eram recorrentes, e ela continuava com a sensação de estar sendo observada. Resolveu compartilhar o sentimento com Bob.

— Bob, você já teve essa sensação de que alguém ou alguma coisa está observando você, olhando para você?

— Constantemente, dona Ruth. A todo momento tem alguém aqui olhando pra mim, querendo ser atendido.

Como é o caso daquele senhor ali, naquela mesa.

— Nossa! Não tinha visto! — E dirigindo-se ao cliente: — Bom dia, senhor! O que deseja?

Após esse cliente, vieram outros e mais outros, e Ruth se viu tão envolvida no trabalho que não teve tempo de ficar pensando em problemas pessoais ou na sensação de estar sendo observada por alguém. Quando estava desempregada, o tempo custava a passar, e ela era tomada por pensamentos estranhos. Agora, as horas passavam voando.

— Nossa! — murmurou para si mesma. — Não estou tendo tempo nem de ir ao banheiro! Que coisa maluca é isso aqui!

— Falou alguma coisa, dona Ruth?

— Não, Bob, só estava pensando em voz alta.

— Então, por favor, leve este cardápio para aquela mesa no canto. O senhor está esperando.

Ruth se apressou em obedecer e, com o cardápio na mão, ficou parada em frente à mesa do cliente, que, de cabeça baixa, lia um livro. O senhor estava distraído, e Ruth, sem querer interromper a concentração dele, mas não podendo aguardar mais, delicadamente colocou o cardápio ao seu lado.

O senhor levantou os olhos, agradeceu, pôs o livro de lado e começou a examinar o cardápio. Ruth aguardou de pé, olhando para o livro e, em seguida, para o cliente. Ele não lhe era estranho, ela conhecia aquele rosto de algum lugar.

— Desculpe perguntar, mas não nos conhecemos? Seu rosto me é familiar.

— Sim, minha cara Ruth. Esse é seu nome, não?

— Sim.

— Que bom saber que está trabalhando. Na última vez que nos falamos, no hospital, sua situação era bem diferente.

— Sim, agora me lembro do senhor: doutor Henrique, não é?

— Exato! Enquanto eu estava lendo o cardápio, percebi que você estava olhando para meu livro.

— Desculpe, doutor, não foi minha intenção...

— Você já leu algo assim?

— Não, senhor, nunca li esse tipo de livro.

— Você pode me trazer um café expresso, por gentileza?

— Pois não. Mais alguma coisa para acompanhar?

— Pode me trazer um sanduíche natural também.

— É pra já. Com sua licença, doutor.

Ao entregar a comanda para Bob, Ruth ficou pensando no que um médico estaria fazendo num lugar como aquele. Afinal, os clientes do pub eram em sua maioria alcoólatras ou desocupados. Os pensamentos foram interrompidos por Bob, que já havia separado o pedido.

— Aqui está, doutor! Seu expresso e o sanduíche. Também trouxe esses sachês de mostarda, maionese e ketchup.

— Agradeço. Aposto que estava pensando no que um médico estaria fazendo aqui. Acertei?

— Nossa, doutor, o senhor costuma ler pensamentos?

— Não, Ruth, é que eu pensaria o mesmo.

Meio constrangida, Ruth relutou em responder, mas a curiosidade foi maior:

— Não que este pub seja dos piores, mas o senhor destoa.

— Você acha que um médico não deveria frequentar um pub?

— Quem sou eu para dizer ao doutor que lugar frequentar? Não é isso, acho que estou me complicando. Desculpe, doutor.

— Não se preocupe, entendo o que quer dizer. Da mesma forma que você, tenho o *livre-arbítrio* para escolher quando e que local frequentar.

— Livre-arbítrio? Já ouvi essa palavra há pouco, de um amigo... Mas eu estou aqui por necessidade, e não por escolha.

— Quem sabe não foi o destino que a trouxe até aqui para conseguir esse emprego. Você acredita em destino ou em carma?

— Não, senhor, não acredito.

— Você não acredita ou não sabe o que significa?

— Não conheço quase nada sobre esse assunto e o que ouço a respeito não é coisa boa. Dizem que é coisa do *demo*.

O médico deu uma gargalhada:

— Que coisa boa de ouvir! Muitas vezes temos medo daquilo que não conhecemos, relutamos em saber e passamos adiante o que outras pessoas nos disseram, sem saber ao certo do que se trata.

— Interessante o que o doutor acaba de dizer.

— Não quero atrapalhar seu trabalho. Vou deixar o livro com você. Leia e depois me diga o que achou.

Sem saber o que responder e temendo falar bobagem, Ruth aceitou a oferta do cliente.

— Agradeço, doutor, vou começar hoje mesmo a leitura. O livro tem figuras? A letra é grande? Quantas páginas?

— Tem algumas figuras, e as letras são grandes. Deve ter pelo menos umas 130 páginas. Você vai gostar de ler, tenho certeza — respondeu o doutor, com um sorriso no rosto.

Recebendo o livro das mãos do médico, a primeira coisa que Ruth fez foi dar uma folheada nele para conferir se realmente tinha figuras, se a letra era pequena ou grande e se tinha tudo aquilo de páginas — como quase toda pessoa que não gosta de ler faz.

— Vou ler com certeza.

— Agradeço pela conversa e por seu atendimento. Tenho certeza de que ainda nos veremos muitas vezes. Tenha um bom dia.

— Eu que agradeço. Volte sempre, doutor, e tenha um bom dia o senhor também.

Ruth acompanhou o médico até a porta e, então, voltou sua atenção para os outros clientes. Antes de guardar o livro junto a suas coisas, deu uma rápida olhada na capa. Achou estranho o título — *Livre-arbítrio* —, mas o colocou em seu armário. Voltou para o salão pensando: "Vou tratar de arrumar logo essas cadeiras e mesas, pois quero sair no horário hoje. Estou louca para tomar uma boa ducha e cair na cama. Estou supercansada".

Depois de arrumar o salão, despediu-se de Bob e, já na porta, voltou para apanhar o livro, que havia esquecido no armário.

— Novamente boa tarde, Bob! Até amanhã e bom trabalho!

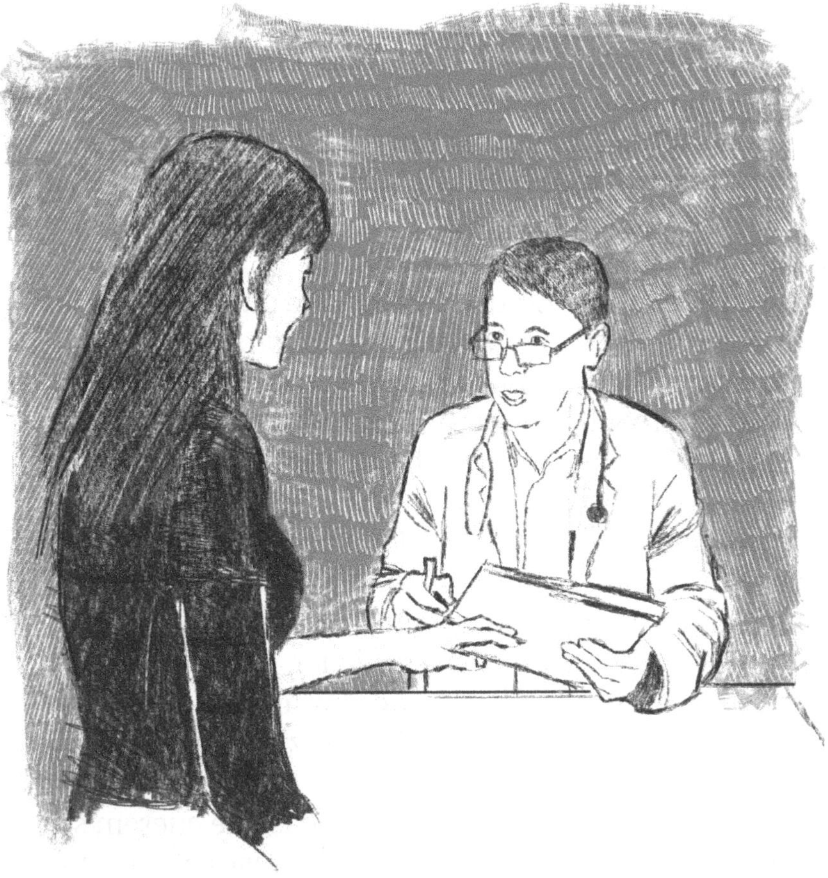

— Bom descanso, dona Ruth, até amanhã.

***

Na rua, Ruth foi caminhando distraída, folheando o livro. De cabeça baixa, percebeu que alguém estava parado a sua frente.

— Aroldo! O que faz por aqui?

— Acabo de vir de um cliente e me deparei com você distraída com esse livro nas mãos. Posso acompanhá-la? Estou indo para lá também — apontou na direção para a qual Ruth caminhava.

— Pode ser. Estou superinteressada em começar a ler este livro — disse, mostrando o livro com todo o seu entusiasmo para Aroldo, que não deu trela para a euforia.

— Não me diga que vai ler isso!

— Vou sim, qual é o problema? Você já leu ou sabe do que se trata?

— Quem lê um livro, lê todos. São todos iguais e descrevem sempre as mesmas coisas. Leitura descartável, sem graça e sem fundamento!

— Achei que você gostasse de ler, pois é bem articulado. Sempre lembro o que um amado e saudoso professor de Geografia do colégio dizia: "Quem lê sabe escrever".

— Leitura desse tipo é para pessoas que querem ser enganadas ou que buscam no espiritismo respostas para seus problemas pessoais.

— Estranho, não me lembro de ter dito que o livro era sobre espiritismo...

— Não falou, eu deduzi pelo título quando me mostrou a capa. Essa literatura é de quinta categoria. Não perco meu tempo com bobagens e espero que você também não perca o seu.

— Desculpe, mas vou ler, pois estou curiosa para saber qual é o motivo de uma pessoa achar que devo ler, e outra, no caso você, achar que não devo. Depois conto o que achei da leitura.

— Não é necessário, pois sei até qual será seu comentário: "*Nossa, que leitura fascinante!*".

— Se acha isso, mais um motivo para eu ler. Não é porque você é contra que vou deixar de ler.

— Você é quem sabe. Os sanatórios estão cheios de pessoas que pensam como você. São abandonadas pela sociedade e estão lá sem família, sem ninguém por perto para conversar ou cuidar delas, enredadas em seus próprios pensamentos. Tudo por causa desse tipo de leitura fantasiosa.

— Foi bom vê-lo novamente, mas estou chegando em casa e necessito de um descanso. Hoje foi um dia estressante.

— Está bem, vou ficando por aqui. Espero que reflita e deixe para lá esse tipo de leitura. Tenha um bom descanso.

Sem mais, e convicta de ter dito a coisa certa, Ruth entrou em casa, colocou sua bolsa e o livro sobre a mesa e foi direto para o banho. Enquanto se ensaboava, foi relembrando tudo o que passara naquele dia, no trabalho e depois. Seu novo freguês, doutor Henrique, o livro que ele emprestou e a conversa com Aroldo na volta para casa, ele tentando fazê-la desistir de ler o livro. Qual seria o verdadeiro motivo? Seria só por ele

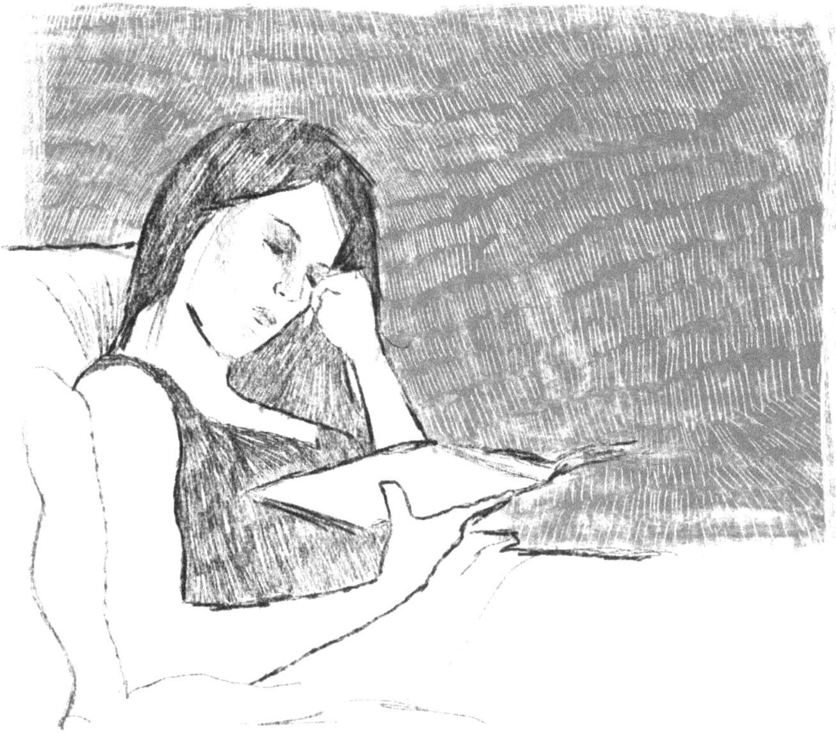

não gostar desse tipo de literatura, ou haveria outra razão por trás?

Pensou: "Que maravilha de banho! Depois, vou preparar um lanche e começar a ler esse livro misterioso. O que será que vou encontrar nessa leitura?".

Terminado o lanche, Ruth arrumou a cozinha, escovou os dentes e foi para o quarto. Acomodou-se na cama e ajeitou os travesseiros para uma boa posição de leitura. Pensou: "Será que, antes de começar a ler, tenho que fazer o 'em nome do pai' ou ficar de joelhos? Uma pequena oração, talvez? Bem que esse livro poderia vir com um manual...".

Já nas primeiras páginas, o noivo lhe veio ao pensamento e, junto com ele, um aperto no coração e uma angústia enorme. "Que coisa maluca", pensou. Foi tomar um gole de água e voltou à leitura.

Leu 55 páginas num impulso. Nunca conseguira ler tanto de uma só vez. Era algo surpreendente. Não sabia o significado de algumas palavras e anotou-as para perguntar depois ao médico: livre-arbítrio, ouvinte, cura pela imposição das mãos, clarividência...

Seus pensamentos eram conflitantes: "Quando o doutor aparecer novamente, vai desejar não ter me emprestado o livro. Vou querer saber o significado de todas as palavras que anotei. Ah, mas ele vai ficar contente ao saber que li o livro!".

***

Passaram-se duas semanas. Ruth já terminara de ler o livro emprestado, e nada de o médico aparecer no pub. Seus dias estavam perfeitos: continuava a trabalhar normalmente e tinha até tirado da biblioteca da cidade outros livros espíritas; mas as noites... ainda não estavam boas. Quase sempre tinha pesadelos com o noivo. Acordava sobressaltada com ele tentando lhe dizer alguma coisa que ela não entendia. Não compreendia o que era nem o significado.

Não conseguia se relacionar com outra pessoa afetivamente desde que ele morrera e tinha receio de abordar o assunto com alguém, inclusive com aquele homem estranho que surgira do nada e cujo nome continuava sem saber. Ele nunca mais retornara à cidade. Pelo menos até onde ela sabia.

Certo dia, ao sair de casa, resolveu passar na igreja antes do trabalho e tentar fazer suas orações em paz. Quem sabe alguma luz ou ideia surgisse para ajudar com os pesadelos. Quem sabe dessa vez conseguiria ter um momento de paz e sossego na igreja.

Sentou-se quase na última fileira de bancos. Não queria ter a visão direta da imagem que tanto a impressionara na vez anterior. Rezou ao seu modo e permaneceu ali por mais alguns minutos. De repente, foi surpreendida por uma voz suave e gentil:

— Que Deus esteja contigo, minha filha. Você está bem? Desculpe assustá-la. Posso ajudá-la em alguma coisa? Qual é seu nome?

— Não, seu bispo! Desculpe-me por não ter muita afinidade com a igreja. Meu nome é Ruth.

— Meu nome é Paulo, padre Paulo. Prazer em conhecê-la, minha filha. Ruth é um nome bíblico, você sabia? Era uma princesa moabita,[6] imbuída de elevados ideais, que não aceitava a idolatria do seu povo. Ela abriu mão da realeza, optando por uma vida de pobreza. Seu nome significa "companheira".

— Não sabia disso, que legal! — animou-se Ruth. — Fico feliz de poder conversar aqui.

— A casa de Deus está sempre aberta às pessoas que procuram por uma palavra de conforto. Você gostaria de conversar um pouco?

Olhando para o relógio, Ruth viu que o horário já avançava, e que se arriscaria a chegar atrasada ao trabalho. Mas algo lhe dizia para ficar...

— Tenho que ir agora, reverendo, mas prometo que apareço outro dia com mais tempo para conversar com o senhor.

— Pode me chamar apenas de padre Paulo, minha filha.

— Ok, seu padre. Digo, padre Paulo. Até outro dia.

— Que Deus a acompanhe e *que seu dia se torne o reflexo de teu coração em tua alma.*

As palavras de padre Paulo pareciam reconfortantes, mas Ruth não tinha bem certeza do que queriam dizer. "*Reflexo do meu coração em minha alma...* Como meu dia pode se tornar isso?". Ruth foi pensando sobre isso enquanto caminhava apressada, pois já estava quase na hora de entrar no serviço.

---

6. Os moabitas foram um povo nômade que se estabeleceu a leste do Mar Morto por volta do século XIII a.C., na região que mais tarde seria chamada de Moabe. Eram aparentados com os hebreus, com os quais tiveram vários conflitos.

***

— Bom dia, Bob. Está um dia lindo lá fora.

— Bom dia, dona Ruth. Dá para notar que dormiu bem essa noite. Aproveitou seu dia de folga?

— Sim, Bob. Tirei o dia de ontem para colocar a casa em ordem e aproveitei para ler um pouco também.

— Eu não queria falar nada, mas já que tocou no assunto, tenho visto a senhora sempre com um livro na mão em seus momentos livres. Isso é bom, pois a leitura é uma passagem para grandes descobertas, a entrada para mundos fantásticos, inimagináveis.

— Exatamente, Bob. Sabe, eu não tinha o hábito da leitura. Na escola, quando comecei a aprender a ler, a professora sempre vinha com livros de muitas páginas, sem figuras e com aquelas letras miúdas. Era um deus nos acuda para fazer as provas ou chamadas orais, pois não lembrava nada do que tinha lido. Eu odiava ler.

— Pois é, dona Ruth, a leitura tem de ser prazerosa, e não obrigatória. Também passei por isso na minha época de estudante.

— Se minha professora tivesse a sensibilidade de dar aos alunos livros de fácil entendimento, hoje com toda a certeza eu seria uma leitora voraz. Percebo agora como era estranha a minha relação com a leitura. Só me deram para ler autores já falecidos, como Castro Alves, José de Alencar... Como uma criança de doze anos vai gostar disso? Ainda bem que hoje a pedagogia e os métodos utilizados são bem diferentes do que eram quando estudei.

Enquanto conversavam, os dois iam arrumando o

salão para receber melhor os primeiros fregueses do dia.
— Agora, de uns tempos para cá, sinto necessidade de ler. Reaprendi a gostar de ler.
— Muito bem, dona Ruth — disse Bob, e, dirigindo o olhar para a porta: — Olha, acaba de entrar seu primeiro cliente.
Ruth abriu um sorriso ao ver que o primeiro cliente era o doutor Henrique, que havia muito não aparecia.
— Bom dia, doutor, como vai o senhor? Que bom recebê-lo novamente. O que vai querer hoje?
— Bom dia, Ruth, quantas perguntas! Por favor, me traga um expresso e um sanduíche natural.
— É pra já, doutor! Tenho muitas perguntas para fazer ao senhor. Nem sei por onde começar.
— Vejo que leu o livro.
— Li, sim, e adorei, embora não tenha entendido o significado de algumas palavras. Sei que o doutor vai poder me ajudar a entendê-las. Está tudo anotado neste caderninho.
Assim que recebeu seu expresso, o médico começou a ler as anotações feitas por Ruth. Ficou surpreso com tantos comentários desencontrados.
— Você pode se sentar um pouco? — perguntou ele.
— Acho melhor não. Não devo misturar as coisas. Estou aqui para servi-lo, e não para dividir a mesa com o senhor e atrapalhar seu café.
— Entendo, mas insisto que se sente.
Assistindo à conversa de longe, Bob acenou com a cabeça para que Ruth aceitasse o convite do médico. Assim, ela se acomodou ao lado do doutor Henrique.
— Com sua permissão, doutor.

— Em primeiro lugar, o que você achou desse tipo de leitura? O que me diz sobre ela?

— Nunca em minha vida eu havia lido algo assim. No primeiro dia, eu não queria parar de ler. Mesmo estando exausta, consegui ler mais de cinquenta páginas. Continuei a leitura em momentos de folga aqui no pub. Gostei tanto que, depois, fui à biblioteca da cidade e apanhei mais alguns livros sobre o mesmo assunto. Já terminei de ler todos. Anotei estas palavras na esperança de que o doutor esclareça o significado delas. Assim, poderei entender muito mais.

— Certo, mas antes vamos deixar uma coisa bem clara: tudo o que você leu e o que ainda vai ler nesse gênero de literatura são coisas em que eu acredito. Você não precisa acreditar ou aceitar essas ideias como a salvação de todos os seus problemas e angústias, mas eu acredito que elas serão de grande ajuda.

— Sim, doutor, eu entendo.

— Vamos lá então! Vou tentar explicar de forma didática para facilitar o seu entendimento. Você fez uma listinha considerável, não é mesmo?

— Me desculpe pela letra, é que fui anotando enquanto estava lendo... Não queria esquecer nenhuma palavra.

— Vou começar por essa, que achei interessante: "*Cura através da imposição das mãos*". Segundo os espíritas, todas as pessoas conseguem se curar pela imposição das mãos. Jesus certamente impôs as mãos sobre muitos dos que curou. No entanto, ele também curou sem fazê-lo. As palmas das mãos transmitem um fluido curador ao qual se dá o nome de "*bioenergia*".

Todos possuem esse fluido, mas, em algumas pessoas, ele é mais poderoso.

— Puxa! Então é isso?

— Sim. Agora vamos para a próxima expressão que chamou sua atenção: "*livre-arbítrio*". Deus dá ao homem a capacidade de escolher e responsabiliza os seres humanos por cada um de seus atos. Na Bíblia, no livro Gênesis, capítulo 2, versículos 16 e 17, Deus diz a Adão que ele tem uma escolha, a de não comer o fruto da árvore do conhecimento do bem e do mal. Comendo, ele morreria. Assim, mesmo que não use especificamente a palavra *livre-arbítrio*, a Bíblia nos diz que os seres humanos são capazes de tomar decisões que afetam suas vidas e as vidas de outros ao seu redor.

— Então quer dizer que as pessoas são verdadeiramente livres em suas escolhas? Mas, se Deus é soberano sobre todas as coisas, não seria injusto Ele fazer isso com a humanidade? Se Deus manda em tudo, como poderia nos responsabilizar pelas escolhas que fazemos?

— Vou usar a resposta do apóstolo Paulo, que está no capítulo 9 de Romanos, versículos 19 e 20: "Mas alguns de vocês me dirão: 'Então por que Deus ainda nos culpa? Pois quem resiste à sua vontade?' *Mas quem é você, ó homem, para questionar a Deus? Acaso aquilo que é formado pode dizer ao que o formou: 'Por que me fizeste assim?'*".

— Entendo.

— Deus é justo e devemos confiar na justiça dele. Pode ser difícil de entender, mas estas três coisas que vou dizer a você agora são verdades verdadeiras: *somos livres para escolher, somos responsáveis pelo que escolhemos e, por último, mas não menos importante, Deus é soberano sobre tudo o que escolhemos.*

Concentrada nas palavras do médico, Ruth foi tentando assimilar e absorver tudo.

— Acho que estou entendendo, doutor.

— A próxima palavra é *"clarividência"*. Clarividência é a capacidade de ver os mundos, os planos invisíveis aos nossos olhos, e se soma à *clariaudiência*, que é a capacidade de ouvir os sons desses planos tão próximos de nós, mas que, devido à sua frequência elevada, nossos olhos físicos são incapazes de ver. A clarividência e a clariaudiência, além de serem dons, são capacidades físicas e espirituais. Acredito que sejam um presente de Deus para todos os seus filhos, mas que nem todos podem utilizar. Têm a ver com a nossa evolução e missão no plano físico. Existem vários tipos e níveis desses dons: *completo, parcial, semi-intencional, não intencional, passado e futuro*. Mas isso é só um resumo superficial do que vem a ser clarividência.

— Então quer dizer que todos temos essa capacidade? Interessante saber, eu nunca poderia imaginar que fosse assim.

— Pois é, minha cara, temos que conhecer para depois opinar — disse o médico, interrompendo-se em seguida. — Acho que chegou mais um freguês.

— Com sua licença, doutor.

Ruth se levantou e fez menção de atender o novo cliente, mas Bob acenou para ela e disse:

— Pode ficar aí, dona Ruth, hoje o movimento está tranquilo.

— Ótimo! — disse o médico, voltando às anotações

de Ruth. — Essa aqui muitas pessoas não entendem. *"Ouvir vozes"*. Está ligado a essa outra: *"ouvinte"*. Para explicar melhor o que é ser um ouvinte ainda nessa linha do espiritismo, antes você precisa entender o que é um *médium*. Médiuns são pessoas de sensibilidade aguçada, que podem perceber a presença de espíritos, transportar-se para o plano espiritual e descrever cenas e fatos ocorridos nesse plano. Podem ouvir espíritos e emprestar seu corpo físico para servir como veículo de manifestação temporária de espíritos desencarnados. Bom, para encurtar a conversa, um médium ouvinte, como o próprio nome sugere, é uma pessoa que ouve a voz dos espíritos. Algumas vezes, é uma voz interior que se faz ouvir no foro íntimo; outras, é uma voz exterior, clara e distinta como a de uma pessoa viva. Os médiuns audientes podem, assim, travar conversações com os espíritos. Espero que tenha esclarecido suas dúvidas. Mas talvez tenha acrescentado interrogações...

— Escutei atentamente tudo o que o senhor explicou. Foi de grande ajuda para que eu consiga entender melhor tudo o que eu ler daqui para a frente. E aqui está seu livro, doutor, agradeço pelo empréstimo.

— Fico feliz em poder ajudar. E, por falar em ajudar, traga-me outro expresso, por favor.

— É pra já, doutor — disse Ruth, virando-se em direção ao balcão. — Ei, Bob! Um expresso especial no capricho.

— Hoje o movimento está bastante calmo, dona Ruth, vai sair o melhor expresso que o doutor já tomou. Enquanto isso, leve essa conta para aquele cavalheiro.

Bob apontou para Ruth um freguês que aguardava

para pagar o que consumira. Ela entregou a conta a ele e logo voltou a servir o médico:

— Aqui está seu expresso, doutor.

— Realmente, o Bob está de parabéns! Uma delícia esse expresso! Bem, espero ter ajudado você, Ruth. Vou indo, pois tenho plantão daqui a pouco no hospital.

— Tenha um bom dia, doutor, e agradeço de coração por sua ajuda e pelos esclarecimentos.

— Não por isso, Ruth, até outra hora.

Ruth se despediu do médico e retomou seus afazeres, com a cabeça em ebulição pela quantidade de informações novas que recebera e pelo tanto que aprendera naquele pouco tempo de conversa. De uma coisa tinha certeza: havia muito o que aprender ainda.

A verdade é que ficara constrangida de abordar com o médico um assunto para o qual ainda não tinha resposta nem solução: o fato de ter, quase todas as noites, pesadelos com o noivo. Ele sempre tentava lhe dizer algo que ela não conseguia entender ou não lembrava depois em detalhes. Quando isso acontecia, acordava sobressaltada e assustada.

***

Naquela manhã, o tempo passou rapidamente, e quando Ruth apanhou a bolsa e se despediu de Bob, ele lhe perguntou:

— Dona Ruth, amanhã tenho que ir ao banco logo cedo para pagar algumas contas e estava pensando se a senhora poderia ficar responsável pelo pub na minha ausência.

— Claro, Bob! Agradeço pela confiança.
— Se eu não confiasse na senhora, não a teria contratado.
— Mas foi você que me contratou?
— Quero dizer, o patrão a contratou por indicação minha e por acreditar na senhora, naturalmente.
— Ah, sei. Entendi, agradeço novamente pela confiança. Pode deixar, vou cuidar de tudo para você. Vou até chegar mais cedo.
— Não é necessário, pois o banco só abre às dez. Esteja aqui no seu horário, que já estará bom demais.
— Combinado, Bob! Até amanhã.

Na calçada, Ruth foi fazendo planos para o dia seguinte. Resolveu passar no mercado antes de ir para casa, para ver as ofertas e fazer umas comprinhas. Assustou-se com o preço dos produtos: "Nossa! Está tudo pela hora da morte. Achei que não gastaria tanto. Ainda bem que o dinheiro que tenho vai dar", pensou.

Seguiu até o caixa, sabendo que estava com o dinheiro praticamente contado. Ficaria extremamente envergonhada se tivesse de devolver alguma mercadoria. Mas felizmente deu certo. Cheia de pacotes, foi equilibrando o peso nas duas mãos até chegar em casa.

Abriu a porta, colocou as compras e a bolsa sobre a mesa da cozinha e começou a guardar tudo em seu devido lugar. Depois, foi tomar uma ducha para relaxar um pouco antes de preparar um lanche. Já era quase noite.

Durante o banho, teve a sensação de que havia um vulto no banheiro. Abriu o box e constatou que não havia ninguém. "Estranho", pensou, "eu podia jurar ter visto um vulto pelo vidro do box. Espero que tenha sido apenas minha imaginação". Estava toda arrepiada.

Na cama, relembrou todas as explicações do médico e, depois, começou a pensar no dia seguinte. Ficaria pela primeira vez sozinha no comando do pub. Seria uma experiência nova, um desafio. Estava tranquila, pois Bob lhe ensinara a lidar com a máquina de expresso e com a registradora, a preparar alguns lanches e fazer outros atendimentos de balcão, mas ao mesmo tempo sentia certa ansiedade. "Amanhã vai ser um grande dia", pensou, fechando os olhos.

No dia seguinte, Ruth pulou da cama cedo, antes de o despertador tocar. Tomou um banho, preparou o café da manhã e conseguiu sair de casa a tempo de passar na igreja antes do trabalho. Ao entrar no templo, encontrou padre Paulo, que a cumprimentou como se eles fossem velhos conhecidos.

— Seja bem-vinda à casa de Deus, minha filha.

— Agradeço, vossa santidade, ou melhor, padre Paulo. Hoje tenho um tempo maior para conversar com o senhor. Se puder, é claro.

Dando um leve sorriso pela saudação inusitada, padre Paulo a convidou para se sentar ao seu lado.

— Eu estava ansioso pela oportunidade de conversar com você.

— Eu também. Gostaria de lhe fazer algumas perguntas sobre religião, se não for incômodo.

— Será uma alegria poder responder seus questionamentos e dúvidas sobre religião. Mas, antes, gostaria de saber algo sobre você. Depois, podemos iniciar nossa conversa. Pode ser?

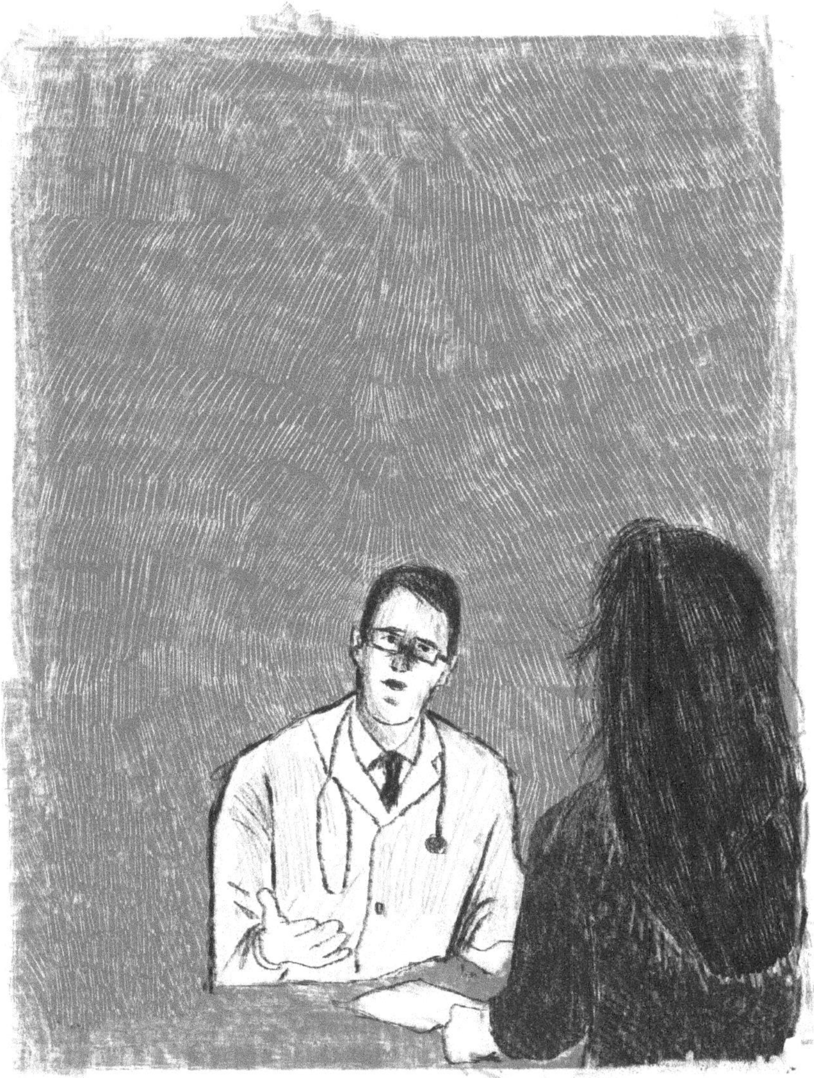

Ruth pensou um momento e respondeu:

— Claro, pastor. Digo, padre Paulo. Pode perguntar o que deseja saber. Devemos ir ao confessionário? Eu nunca me confessei...

— Não, vamos ficar aqui mesmo. Em outra oportunidade, iremos até o confessionário; se desejar, é claro. Quando a vi pela primeira vez na igreja, você me pareceu agitada e arredia. Havia algo que a incomodava? Ou que ainda a incomoda?

— Sabe, eminência..., desculpe, padre Paulo. Bom, a verdade é que andei mesmo desorientada e sem perspectiva para minha vida. Tudo dava errado. Estava a ponto de fazer uma loucura. Aí, consegui um emprego num pub e as coisas começaram a melhorar. Foi quando vim aqui para agradecer e fazer orações à minha maneira, mas fiquei incomodada com o local pela falta de hábito e por causa daquela imagem lá na frente, me olhando. Saí correndo.

— Entendo, minha filha, mas você voltou. Foi quando nos conhecemos, não? Por que voltou?

— Na segunda vez, foi para cumprir a promessa de fazer um agradecimento por ter conseguido o emprego e ter uma nova perspectiva de vida.

— Você acredita em Deus?

— Acredito que exista uma força, algo muito superior a nós. Andei fazendo algumas leituras recomendadas por um amigo...

— Que tipo de leitura? O que lhe interessa? Você já leu a Bíblia?

— Não, a Bíblia eu nunca tive oportunidade nem curiosidade de ler. Aliás, eu não tinha o hábito da leitura. Passei a gostar de ler há bem pouco tempo. Esse amigo que mencionei me emprestou um livro espírita. Foi o primeiro livro que me prendeu a atenção, e consegui ler até a última página.

— E você está se sentindo melhor depois dessa experiência? A leitura resolveu seus problemas?

— Estou bem, sentindo-me em paz. Acredito ter encontrado muitas respostas e tenho certeza de que encontrarei outras com o senhor.

— Percebo que ainda existe algo que a preocupa. O que é?

— Desculpe, seu vigário, quero dizer, padre Paulo. Mas agora preciso ir. Voltarei outro dia para continuarmos nossa conversa. Sua bênção, padre.

— Que Deus esteja presente em seu dia, minha filha. Vou aguardar seu retorno. Mas, antes que vá, fique com isto, caso queira conhecer melhor as sagradas escrituras.

Padre Paulo ofereceu a Ruth uma Bíblia. Ruth agradeceu e, como de hábito, deu uma rápida folheada, indo até o final do volume para ver o número de páginas. Constatou que não havia nenhuma figura e, pior, as letras eram bem miudinhas. Tudo o que não apreciava em um livro. Mas disse:

— Agradeço, vou ler com toda a certeza.

Colocou o presente de padre Paulo na bolsa e caminhou para o serviço, lembrando que naquele dia passaria por uma prova de fogo. Estaria no comando do pub durante a ausência de Bob.

Assim que chegou ao estabelecimento, foi logo recebida com um sonoro cumprimento de Bob:

— Bom Dia, dona Ruth! Chegou cedo, antes do seu horário! Temos ainda alguns minutinhos para conversar.

O dia estava maravilhoso. O sol brilhava e não havia nenhuma nuvem no céu. Bob lhe passou algumas recomendações finais, e Ruth prestou bastante atenção a cada detalhe.

— A senhora já está capacitada para ficar no comando do pub na minha ausência. Tenho certeza absoluta de que vai se sair muito bem. A senhora vai tirar de letra.

— Também espero, Bob. Confesso que estou com os nervos à flor da pele.

— Fique tranquila, vai dar tudo certo. É só ter calma e atender os clientes no seu ritmo e pela ordem de chegada. E não perder o foco neles. Bem, já vou indo, pois tenho de passar em um lugar antes de ir ao banco.

— Ok, Bob, pode ficar tranquilo. Vá fazer aquilo que precisa fazer e deixe comigo, que eu seguro a peteca.

***

Os clientes foram chegando e as horas passaram rapidamente. Ruth se deu conta de que já passava de uma da tarde e Bob ainda não retornara do banco. "Onde se enfiou esse Bob? Será que aconteceu alguma coisa? O banco foi assaltado e ele foi feito de refém?", pensou.

Bem nessa hora, Bob entrou despreocupado e foi logo acalmá-la:

— Cheguei, dona Ruth! Vejo que está tudo sob controle. A senhora se saiu muito bem.

— Graças a Deus você está bem! Já estava preocupa-

da com sua demora. Achei que seria rápido no banco.
— Até que foi, dona Ruth, mas fui visitar um velho amigo que não via fazia muito tempo. Conversa vai, conversa vem, perdi a hora relembrando os velhos tempos. Desculpe se deixei a senhora preocupada.
— Não por isso, Bob. Se você está bem, ótimo!
— Percebo que está tudo organizado. A senhora teve alguma dificuldade durante o período em que estive fora?
— Não, nenhum problema. A não ser com o dinheiro. Essa caixa registradora é muito antiga, do tempo do arco-íris preto e branco...
— Ela é uma relíquia que o patrão nem pensa em aposentar. Não vai se desfazer dela por nada nesse mundo. E funciona muito bem até hoje.
— Pelo amor de Deus, não foi minha intenção reclamar. Pelo contrário, achei até que, ao abrir a caixa, começaria do zero, sem dinheiro para troco, mas não, já havia dinheiro suficiente.
— Sempre deixamos um pouco de dinheiro no caixa, justamente para não ter de correr atrás de troco para os nossos clientes.
— Que bom! E obrigada por ter confiado em mim. Está tudo aí.
— Se eu deixei a senhora tomando conta, é porque confio em sua pessoa acima de qualquer coisa.
— Agradeço mais uma vez, Bob, por essa confiança e por me apoiar na hora em que eu mais necessitava.
— Eu é que tenho que agradecer à senhora por aceitar o emprego. Aliás, amanhã é dia de pagamento e você vai receber um bônus. Ordem do patrão.

— Que coisa boa! Vou poder pagar algumas dívidas pendentes e ainda fazer umas comprinhas.

— Depois da sua folga de amanhã, vou devolver sua carteira de trabalho, que está com nosso contador. A senhora está devidamente contratada, parabéns!

— Nossa, Bob, quanta coisa boa acontecendo em minha vida! Estou até começando a desconfiar da sorte.

— Sorte não adianta nada se a senhora não quiser melhorar de situação. "Querer é poder", e a senhora fez por merecer.

— Verdade, Bob. Eu quero muito e acho que estou conseguindo resolver meus problemas um a um.

Essa afirmação lhe trouxe à mente o noivo, que continuava a perturbar seus sonhos.

— A senhora está bem, dona Ruth?

Ela desconversou:

— Já está na minha hora, Bob. Amanhã é minha folga e espero que tudo corra bem por aqui.

Ruth não queria preocupar o amigo com seus problemas. O dia era de comemorações, não de tristeza.

— Pode deixar, dona Ruth. Agradeço novamente pela ajuda. Tenha um bom descanso. Aproveite bem seu dia de folga.

***

Ruth resolveu ir caminhando para casa, e durante o trajeto foi fazendo planos para o dia seguinte. Seria um dia diferente, e com toda a certeza o aproveitaria como nunca. A cabeça estava fervendo de ansiedade. Tudo caminhava bem, melhor do que poderia imaginar.

Até lendo ela estava, coisa que jamais fizera com tanto prazer. Só uma coisa ainda estava sem solução: seus sonhos, ou melhor, seus pesadelos com o noivo. O que fazer? Como agir? A quem recorrer? Ao doutor Henrique? Ao padre Paulo? A Bob? Aroldo? Ao homem misterioso que ela nem sabia se voltaria a encontrar, e cujo nome, até o momento, desconhecia? Ah, era um só assunto, mas tão complicado... Decidiu se concentrar nos arranjos da casa para não se perder nos pensamentos difíceis.

Com tudo arrumado e banho tomado, Ruth se lembrou do presente que ganhara de padre Paulo. Foi até sua bolsa e, com a Bíblia nas mãos, notou que dentro dela havia um cartão, desses que têm a imagem de um santo. Achou curioso e, ao lê-lo, percebeu que se tratava da figura de Santa Ruth. O cartão marcava uma página da Segunda Epístola aos Coríntios, no capítulo 11, onde algumas linhas, no versículo 14, estavam grifadas: "*E não vos maravilheis, pois o próprio Satanás se disfarça em anjo de luz*". Ruth ficou curiosa sobre o significado daquelas linhas e a razão de terem sido grifadas. Será que tinha alguma coisa a ver com seus pesadelos recorrentes? Resolveu que, no dia seguinte, depois das compras, daria uma passadinha na igreja para conversar com padre Paulo.

De madrugada, acordou assustada com mais um pesadelo com o noivo. Mas dessa vez tinha sido diferente: embora continuasse sem conseguir entender o que ele tentava lhe dizer, lembrava-se de tudo com mais clareza. "Por Deus, que noite!", pensou. Olhou-se no espelho e se assustou com o tamanho de suas olheiras: "Estou parecendo um panda!".

Como de costume, tomou um banho e preparou o café da manhã — dessa vez reforçado, pois sabia que o dia prometia. Colocou uma roupa bem fresquinha, um tênis confortável e saiu para a rua. "'Bora fazer compras e aproveitar essa manhã maravilhosa. Tenho certeza de que o meu dia vai ser proveitoso", pensou confiante.

No mercado, Ruth fez as compras e pediu que elas fossem entregues em seu endereço na parte da tarde, pois sabia que passaria o resto da manhã na igreja, conversando com padre Paulo. Pretendia almoçar fora, perto da igreja.

Ao chegar às proximidades da casa de Deus, Ruth percebeu que se esquecera da Bíblia presenteada pelo padre, mas se lembrava bem do que estava grifado nela. Ou, pelo menos, achava que se lembrava. "Como era mesmo?", se perguntou. Também estranhara o nome que aparecia no topo da página, "Corinthians". "Eu nem sabia que a Bíblia falava de futebol!"

Na calçada da igreja, tentou em vão se lembrar do que estava grifado. Se não conseguia recordar as palavras, como poderia falar sobre aquilo com padre Paulo? Decidiu: "Bem, vamos encarar os fatos e contar a verdade ao padre".

Entrando pela imensa porta da igreja, Ruth se deparou com um recinto totalmente lotado. Imaginou então que seria quase impossível encontrar o padre se ficasse parada ali atrás. Assim, pegou o corredor lateral, à direita do altar, e avançou até que chegasse perto do primeiro banco. Por sorte, a missa já estava no fim, e agora ela conseguia visualizar padre Paulo. Pensou: "Nossa, quanta gente! Não sabia que padre

Paulo liderava uma comunidade tão grande!". A missa celebrada comemorava uma data especial da igreja e da comunidade e, por isso, estava tão cheia.

Terminada a liturgia, o padre ficou junto à porta para se despedir dos fiéis. Cumprimentou um a um, inclusive Ruth, e lhe disse:

— Que bom vê-la aqui, minha filha. Fico feliz com sua presença.

Ruth respondeu o que lhe veio à cabeça, disparando mais uma das suas:

— Sua bênção, seu abade. Digo, padre Paulo. Adorei a missa, principalmente a hora em que o senhor falou: "*Levai a todos a alegria do Senhor ressuscitado. Ide em paz e o Senhor vos acompanhe*".

— Estou vendo que pelo menos assistiu a uma parte da missa. Eu disse essa frase quando terminava a celebração.

— Achei muito bonito as pessoas cantando, se abraçando, dando as mãos. Até fizeram fila para comer aquelas bolachinhas dadas pelo senhor. Tudo isso foi novidade para mim.

Surpreso com o comentário inusitado, padre Paulo se segurou para não cair na gargalhada. Mas conteve-se e apenas esboçou um leve sorriso. Em seguida, explicou:

— Aquela bolachinha, minha filha, é o corpo de Cristo. Ela é conhecida como *hóstia*.[7]

— Sério? O corpo de Cristo?

— Minha mensagem final foi direcionada aos cris-

---

[7]. Termo usado para designar o pão consagrado pelo sacerdote ordenado. A fabricação artesanal é feita principalmente por religiosos.

tãos, para que vivam de forma digna, de acordo com o Evangelho do Senhor. Ela é sempre curta, clara e objetiva, para que cada fiel possa, de maneira fácil, guardar em seu coração tudo o que foi dito durante a missa e consiga, de fato, seguir a palavra de Deus ao longo dos dias.

Assim que concluiu a explicação, o padre percebeu que havia uma interrogação no rosto de Ruth. Então, emendou uma pergunta:

— Você não veio só assistir à missa, veio? Está aqui por outro motivo, acertei?

— Na verdade, eu encontrei uma figura dentro da Bíblia que o senhor me deu e achei curioso o fato de algumas linhas estarem grifadas. Isso me chamou a atenção.

— Antes de qualquer coisa, você está com tempo para conversar à vontade, minha filha?

— Sim, hoje é minha folga no trabalho. Já passei no mercado antes de vir para cá, e minhas compras serão entregues em minha casa na parte da tarde. Podemos conversar tranquilamente, se o senhor não se importar, é claro.

Sem querer ir logo ao ponto, padre Paulo fez algumas perguntas sobre o dia a dia de Ruth. Ao abordar as linhas grifadas na Bíblia, foi cuidadoso nos questionamentos, pois não queria assustar Ruth e acabar por afastá-la. Tinha de fazer uma abordagem direta e cirúrgica no ponto exato da questão.

— Você entendeu aquilo que estava grifado na Bíblia? — perguntou o padre.

— Tenho vergonha de dizer e aposto que o senhor vai

rir, mas, já que se prontificou a me esclarecer, tenho de confessar que estou bastante curiosa: não tinha ideia de que naquele tempo de Jesus já se falava de futebol como nos dias de hoje.

— Como assim, minha filha?

— Já ouvi pessoas religiosas falando de São Paulo, São Bento... Mas sobre Corinthians, assim, em um livro como a Bíblia, eu nunca tinha ouvido falar!

Naquele momento, o padre não conseguiu se conter e soltou uma sonora gargalhada.

— Desculpe, minha filha, mas foi impossível evitar essa reação...

— Não estou entendendo! Bem que imaginei que o senhor ia rir dessa minha dúvida!

Constrangida, Ruth pensou em se levantar e ir embora, mas sua ânsia por respostas era maior que a rebeldia. Padre Paulo tratou de se recompor e, antes de começar a explicação, desculpou-se.

— Me perdoe, mas há muito tempo não ria como hoje. Você, minha filha, tem um espírito alegre e puro.

Padre Paulo sabia que, da última vez que Ruth estivera lá, estava apressada, pois tinha que trabalhar. Lembrava-se de ela ter comentado algo sobre as coisas estarem começando a dar certo com uma oportunidade de emprego e sobre um livro espírita que recebera de um amigo. Disse então:

— Vamos por partes. Quando nos falamos pela primeira vez, você me contou um pouco do que estava acontecendo na sua vida. Que estava dando tudo errado e você estava a ponto de fazer uma bobagem, quando conseguiu um emprego.

— Sim, me lembro bem desse dia.

— Disse também que se sentiu incomodada com aquela imagem no alto do altar, encarando você o tempo todo, e que não conseguiu fazer suas orações.

— Exatamente. Fui embora, mas retornei para cumprir a promessa que fiz naquele dia.

— Foi quando perguntei se acreditava em Deus. E você me respondeu que acreditava em algo superior, estou certo?

— Sim, está! E eu lhe contei que estava lendo um livro espírita, emprestado por um conhecido meu.

— Exato! É onde quero chegar. Eu lhe perguntei se algo mais a preocupava, pois era isso que me parecia.

— Sim, foi nesse dia também que o senhor me presenteou com sua Bíblia. Hoje, estou empregada, minhas contas estão pagas e estou vivendo um dia após o outro. Tenho novos amigos, que estão me fazendo muito bem.

— Isso é muito bom, minha filha.

— Voltei a fazer planos para o futuro. Antes, pensava até em tirar minha própria vida, por não ver uma saída da situação em que me encontrava. Passei a ler e até a frequentar esta igreja, mas tem uma coisa que continua me incomodando, que continua tirando meu sono.

— E o que poderia ser, minha filha? Tem a ver com seu passado ou com seu presente?

— Com meu passado. Meu noivo faleceu depois de sete meses internado no hospital da cidade. Ele estava com uma grave doença degenerativa e sofreu muito. Depois do seu falecimento, passei a ter visões e pesadelos quase todas as noites. Acho que ele ainda tenta, de alguma forma, me dizer algo que não consigo entender. Ainda não consegui me libertar desses pesadelos.

— Compreendo, minha filha. Tudo no seu tempo. Hoje, estamos aqui conversando. Amanhã, poderemos não estar mais, pois cada pessoa tem um ritmo de vida e de entendimento. Não vou usar minha posição de sacerdote para julgá-la ou condená-la. Apenas quero orientá-la naquilo que puder e que seu coração aceitar.

— Por falar em coração, o senhor me disse algo que está martelando em minha mente até hoje. Algo como: "*Que meu dia se torne o reflexo de minha alma em meu coração*". Acho que era isso!

— Naquele momento, percebi o quanto você estava triste e assustada. Você estava passando por muitas novidades, exposta a muita informação diferente e, quando saiu, eu quis lhe passar essa mensagem para que ecoasse em sua mente. Pelo visto, deu resultado. Eu disse para você ter um dia alegre, para que as descobertas de coisas boas que fizesse ficassem gravadas em sua alma, pois o coração morre, mas a alma é eterna. Apenas isso, minha filha.

— Muito profundo o que o senhor acaba de me dizer... Acho que não entendi nada.

— Apenas *grave as coisas boas em seu coração, o que com certeza refletirá em sua alma, que será eterna.*

— Agora fiquei ainda mais atrapalhada! Brincadeira, seu frade. Digo, padre Paulo. Muito bonito de sua parte me explicar. Mas ainda ficou faltando explicação para aquilo que eu disse, que fez o senhor cair na gargalhada.

— Sim, vou tentar explicar e me controlar...

Estava tudo caminhando bem naquela conversa, descontraída e prazerosa para ambos. Mas o padre ainda não havia abordado o tema principal.

— Quando lhe presenteei com a Bíblia, minha intenção foi que encontrasse a figura de Santa Ruth juntamente com aquelas linhas grifadas.

— Ah, então não foi por acaso que a encontrei?

— Não, não foi, minha filha. Achei que você estava precisando de mais esclarecimentos para sua procura e que aquela leitura poderia ajudar.

— Ajudou muito, me deixando ainda mais curiosa do que eu já estava. O senhor sabe como é uma mulher curiosa?

— Acredito que não, minha filha.

— Pois é, beato. Digo, padre Paulo. Uma mulher curiosa é o cão... — exaltou-se Ruth. Em seguida, percebendo que a palavra talvez não fosse adequada dentro da igreja, disse: — Desculpe pelo "cão".

— Tudo bem, minha filha. Aquilo que estava grifado pode ter várias interpretações. A que eu gostaria que você soubesse é a mais simples, e vou lhe dizer com toda a clareza.

Padre Paulo teria que usar toda a sua habilidade e psicologia para que Ruth compreendesse aquilo que estava acontecendo com ela naquele momento.

— Independentemente da religião de cada um, o importante é seguir o caminho do bem. Triste é ver um irmão, seja ele protestante, espírita ou católico, criticar a crença ou a religião do outro. Mas, seja qual for o caminho escolhido, o destino deve ser sempre um só: Deus.

— Entendo, mas se todas as religiões levam a um só Deus, qual o motivo de tanta discordância entre elas?

— Eu não gostaria de entrar nessa questão neste momento, mas saiba que a doutrina espírita é maravilhosa, o cristianismo é perfeito e os protestantes são extremamente cautelosos com os vícios mundanos, estão sempre vigiando. "Orai e vigiai", dizem. "Orai pelo próximo e vigiai a si mesmo". Eles são felizes com sua doutrina. Criticar a religião do próximo é sinal de preconceito e egoísmo, e infelizmente encontraremos pessoas assim dentro de todas as religiões.

— Sim, mas onde entra a questão das linhas grifadas na Bíblia que o senhor ia explicar?

— Vejo que está impaciente. Já vou explicar, minha filha. Aquela Bíblia que lhe dei ganhei de um pastor amigo. Ela já estava grifada. Também achei curioso na época e quis saber, como você, o significado daquelas linhas. Pois bem, elas têm várias interpretações, como disse há pouco, e serei bem sucinto. Têm muito a ver com aquilo pelo que você está passando. Elas dizem: "*O próprio Satanás se disfarça em anjo de luz*", não é isso?

— Era exatamente isso que estava grifado. Pena que esqueci a Bíblia em casa...

— Não tem importância. Como eu disse, o texto grifado também chamou minha atenção. E sua interpretação é mais ou menos esta: *sabemos que não é incomum uma pessoa má mostrar-se amistosa para com os que ela deseja enganar e destruir*. O mal pode vir travestido de bondade e tentar nos enganar com conversas doces e agradáveis, com uma fala mansa, para conseguir seu intento. Promete, mente, engana;

jura eterno amor, diz que nunca vai nos abandonar... Pura ilusão.

— Puxa, jamais poderia imaginar que esses sonhos com meu noivo fossem algo ruim!

— Talvez, sim. Talvez, não seja seu noivo quem aparece em seus "sonhos". Sem dúvida, há algo que está lhe trazendo insônia e desconforto. Se for ele, está necessitando de luz e orações. Você chegou a pedir a celebração de uma missa em sua memória?

— Não... Como eu disse, não tinha tanta intimidade com a Igreja e não sabia que era necessário. Como faço para rezar uma missa? Caberia a mim ir à frente do altar e me dirigir às pessoas que estivessem na igreja?

Mais uma vez, padre Paulo teve vontade de rir, mas dessa vez se conteve, dizendo:

— Você deve ir à sacristia e marcar com o atendente uma data para a realização dessa missa de intenção. Quanto tempo faz que seu noivo faleceu?

— Já faz mais de um ano.

— Então podemos marcar uma missa de um ano.

— Um ano?! Nossa, achei que duraria algumas horas. Nem imagino como uma missa pode durar um ano inteiro...

Ruth continuava com seus comentários desorientados, mas padre Paulo era muito paciente e explicou:

— Chama-se "missa de um ano" pois é feita um ano após a morte da pessoa. De fato, dura apenas algumas horas. É uma missa feita em memória de um ente querido que não está mais entre nós, que partiu para outro plano astral. Além da missa de um ano, há a missa de sétimo dia, a de um mês e as de um ou mais anos.

— Puxa vida, seu pajé. Digo, padre Paulo. Essa é mais uma que eu não sabia. Hoje realmente tirei a manhã para um rico aprendizado com o senhor.

— Fico feliz em poder ajudar, esclarecendo suas dúvidas. Espero ter conseguido isso. E agora venha comigo que vou levá-la até o atendimento para marcarmos a data da missa.

— Muito obrigada! Depois, tenho de ir correndo para casa: minhas compras já devem estar chegando.

***

Despedindo-se de padre Paulo, Ruth passou numa lanchonete e pediu um sanduíche para comer no caminho, de almoço, pois não tinha tempo para uma refeição completa. Apanhou o lanche e, quando dava a primeira mordida, encontrou aquele seu amigo de horas impróprias, Aroldo.

— Como vai, Ruth? Sempre com pressa, hein?! Já faz alguns dias que não nos falamos. Você está bem? Também estou indo nessa direção, posso acompanhá-la?

— Quantas perguntas! Estou ótima, achei que você tivesse mudado de cidade.

— Estou sempre onde o meu chefe me manda estar, mas por aqui, dessa vez, achamos que perdemos a batalha. Mas foi só uma batalha, e não a guerra.

— Do que você está falando, homem de Deus? Até parece que isso tem alguma coisa a ver comigo! Eu, hein!

— Posso lhe fazer uma pergunta?

— Outra? Nem deu tempo de responder as últimas.

— Prometo ser a última. Você acredita que haja uma

luta constante entre o bem e o mal? E que muitas vezes o prêmio do vencedor é a conquista de almas?

— Eu acredito que exista essa disputa, sim, e que vivemos de escolhas. Para o bem ou para o mal.

— Há pouco tempo, você teve acesso a escritos que a levaram a ter uma visão diferente das coisas. Além disso, recebeu algumas explicações para suas dúvidas, não é verdade?

— Como sabe disso?

— Sou bem informado. Tenho uma legião de seguidores e informantes que passaram de simples desconhecidos a pessoas com poder, riqueza e acesso aos prazeres da carne. Em troca, eles apenas aceitaram seguir o mestre, meu senhor, e ajudar a arrebanhar ovelhas desgarradas ou indecisas, como você.

— Como assim, como eu? Não estou entendendo. E também não estou gostando do rumo desta prosa, Aroldo.

— É uma metáfora. Você fica perdendo tempo com essas besteiras que passou a ler. De um lado, o fundador do espiritismo, que nem era popular em seu próprio país de origem, e, de outro, o Messias, cujos seguidores e apóstolos divergem até hoje sobre seus feitos. Alguns acreditam inclusive se tratar de um "ser mítico".[8]

— *Mítico*? Que bobagem é essa? Acho que você está querendo me confundir, embaralhar minhas ideias.

— Todo mundo reage assim diante daquilo que não entende. Mas poucos conhecem a história como eu. Já vi mitos surgirem e desaparecerem, como Buda ou

---

8. Sinônimo de lendário, fantástico, fabuloso, mitológico, fictício.

os deuses egípcios. O Nazareno seria apenas mais um mito do Deus que nasce, morre e ressuscita. Acompanhei muitos cristãos matando em nome de sua fé e depois negando seu Deus. Convivi com muitos deles no passado.

— Chega! Não quero ouvir mais suas asneiras. Não aceito esses seus argumentos e teorias baratas. Me deixe em paz.

— Sei que não conseguirei mudar sua opinião, pois sua curiosidade, somada a toda a intervenção que você recebeu, a levou por um caminho que não tenho como mudar, por enquanto.

Ruth estava firme em suas convicções e argumentos, adquiridos a partir de estudos e da troca de informações com o padre Paulo e com o doutor Henrique. Mas, quando se virou de lado para encarar Aroldo e defender seus aprendizados, não o encontrou mais. Ele sumira.

— Pé de pato, mangalô, três vezes! Onde esse cara se enfiou? Que homem mais estranho! Bom, é melhor assim. Estou perto de casa e as compras já devem estar chegando.

***

De fato, ao dobrar a esquina, Ruth viu o entregador na porta de sua casa. Devia ter tocado a campainha e ninguém atendera. Apertou o passo e foi logo dizendo:

— Que bom que chegou, já estava ficando preocupada com a demora.

— A senhora nos desculpe, meu nome é Severino,

houve um probleminha no mercado que atrasou as entregas, mas já estamos aqui.

    Segurando-se para não rir da situação, Ruth manteve a linha e disparou uma das suas:

— Pois é, e eu já estava a ponto de ir até o mercado, cancelar a compra e pegar meu dinheiro de volta. Isso é um absurdo, não pode acontecer. Que não aconteça mais, ouviu?

— Pode ficar tranquila, senhora, isso não vai se repetir, lhe damos nossa palavra, a minha e a do motorista, Tião.

    Ruth agradeceu, se despediu, entrou em casa e começou a guardar as compras. Em seguida, começou a pensar na conversa que tivera com Aroldo. Ficou matutando: "Como esse camarada quer me convencer de que o mal é melhor que o bem? Que Jesus não existiu ou que foi inventado pela Igreja Católica ou pelos próprios apóstolos? Bom, não sou a pessoa mais esclarecida sobre esse tema, mas o pouco que sei já é suficiente. E tenho todo o direito de opinar e escolher aquilo que é melhor para minha vida".

    Sentia-se convicta, segura de suas ações e ideias. Encontrara forças para dar a volta por cima nas adversidades que surgiram em seu caminho. Graças aos novos amigos, conseguira se reerguer do fundo do poço onde se encontrava não muito tempo atrás. Sem perspectiva de melhoria e cada vez mais entregue ao álcool e à depressão que fatalmente a acometeria, sua vida provavelmente teria tido um desfecho trágico se não fossem os livros que lera e as boas pessoas que conhecera. Lembrou com alegria da missa de um ano que seria celebrada em homenagem a seu noivo dali a dois dias e pensou: "Tenho certeza de que a missa com o padre Paulo vai ser bem bonita. Acho que pela primeira vez vou assistir a uma missa desde o começo".

***

Na manhã seguinte, Ruth acordou disposta e feliz. Tudo estava se encaixando perfeitamente, melhor do que poderia imaginar. Parecia estar vivendo um sonho. Estava empregada, conseguira pagar as dívidas e, mais importante, não bebia diariamente como antes. Seus pensamentos estavam direcionados e focados em coisas boas. No entanto, como nada é um mar de rosas, uma preocupação persistia: os sonhos com o noivo. Aquilo não saía de sua cabeça, e ela pensou: "Puxa! Apesar de tudo estar na mais perfeita ordem, continuo tendo esses sonhos, que na verdade são pesadelos". Mas não teve tempo de continuar a refletir sobre isso, pois deveria sair logo se não quisesse se atrasar para o trabalho.

A caminho do pub, reparou em prédios, escolas e praças que até então nunca haviam chamado sua atenção. Algumas pessoas a cumprimentaram, e ela se perguntou se aquela teria sido a primeira vez ou se ela é que nunca as tinha notado, já que estava sempre fechada em seu mundinho negativo e sombrio. Descobria agora todo um novo mundo a sua volta para ser desbravado e vivido.

***

— Bom dia, Bob! Que dia maravilhoso está lá fora hoje. Tenho certeza de que será um dia supimpa.

— Muito bom dia, dona Ruth! Parece que a folga de ontem lhe fez muito bem. Tenho notícias para a senhora.

— O que é, Bob? Não me deixe curiosa. É coisa boa, não é? Ou será que não? Será que fiz alguma coisa errada?

— Calma, dona Ruth, me deixe falar. A senhora não fez nada de errado.

— O que é, então?

— São coisas boas para a senhora, fique calma.

— Desculpe, Bob. É que está tudo caminhando tão certinho que chego a desconfiar.

— O patrão me autorizou a lhe conceder um aumento a partir do próximo mês e também uma bonificação por seu trabalho, além dos 10% que você já recebe pelo atendimento aos clientes.

Ruth encarou Bob aliviada com as boas notícias. Teve vontade de soltar um grito de alegria, mas, no lugar, acabou chorando. Uma pequena lágrima escorreu pelo canto de seu olho.

— Não há motivo para tristeza, dona Ruth, mas alegria. Afinal, esta é mais uma conquista em sua vida.

— E eu pensando que você fosse me dizer algo ruim! Puxa, isso é maravilhoso, Bob! Estava mesmo querendo comprar um televisor e trocar minha cama e meu colchão. Esse aumento veio em boa hora.

— Conversei com o patrão por telefone e lhe falei de seu desempenho e sua dedicação. Ele ficou contente e me pediu que eu a presenteasse com esse aumento.

— Agradeço de coração, Bob. Não sei se sou merece-

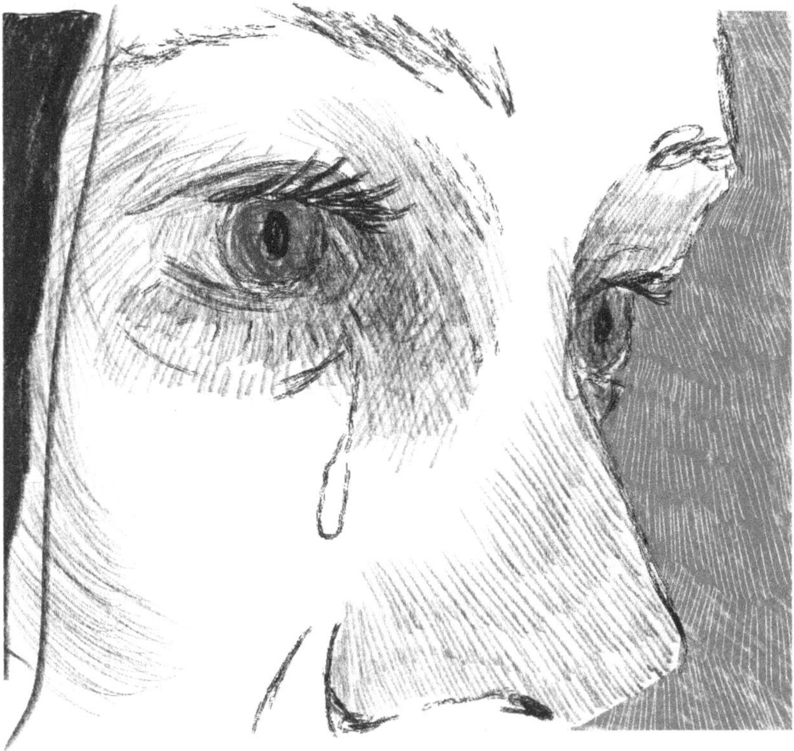

dora de tudo de bom que está acontecendo em minha vida, mas estou me esforçando muito para ser. Gostaria de agradecer o patrão pessoalmente, Bob. Quando poderei conhecê-lo?

— Em breve, dona Ruth! Em breve!

O trabalho foi tranquilo naquela manhã. Ruth, muito feliz, dividia sua atenção entre os clientes, os planos para redecorar a casa e a expectativa da celebração da missa para seu noivo, que aconteceria no dia seguinte. Foi quando percebeu que não sabia a que horas conseguiria chegar ao trabalho.

— Bob, tenho de lhe pedir um favor! Gostaria de entrar um pouco mais tarde amanhã, pois a missa de um ano em memória do meu noivo foi marcada para as sete horas da manhã, e eu não sei que horas vai terminar.

— Que coisa boa, dona Ruth! Pode ficar sossegada, que amanhã darei conta do recado até a senhora chegar. Mas não creio que a senhora vá se atrasar muito... Geralmente, esse tipo de missa não demora.

— Não tenho ideia, porque nunca assisti a uma missa inteira. Não sei como funciona, só sei que estou ansiosa por ela.

***

À tarde, Ruth começou a se preparar para voltar para casa e despediu-se de Bob como de costume.

— Até amanhã, Bob! Tenha um excelente final de tarde.

— Para a senhora também. E que tudo corra bem amanhã na missa. Vai com Deus, dona Ruth.

— Agradeço Bob, fica você com Ele.

***

Em casa, Ruth tratou de fazer uma faxina e deixar o lugar do jeito de que gostava. Ficou imaginando seu novo televisor no canto da sala. "Minha próxima compra, depois do televisor e da cama, será sem dúvida alguma um jogo de sofás. Esse meu aqui dá pena de ver, escorado com um tijolo... Ninguém merece!", pensou.

À noite, sem intimidade com orações, fez uma a seu modo, pedindo proteção e agradecendo pelo seu dia, pelo emprego e por todas as pessoas que tinham atravessado seu caminho até aquele momento. Boas ou não, aprendera alguma coisa com elas. Então, esperou que o sono viesse.

Dormiu mal, acordando várias vezes, sempre com a impressão de estar sendo observada. Teve novamente os sonhos com o noivo, mas dessa vez levantou da cama com a nítida impressão de se lembrar de algo que ele tentava lhe dizer: "Faça isso, me ajude", ele pedia. "Que coisa estranha!", ela pensou. "Fazer? ajudar? O que quer dizer isso? Será que tem alguma relação com a missa de logo mais?"

Quando amanheceu, Ruth mais uma vez acordou antes mesmo de o despertador tocar. Levantou-se, tomou banho, preparou o café da manhã e se arrumou para a missa. "Tenho certeza de que vai ser inesquecível", murmurou.

Às 6h47, ela já se aproximava da igreja, onde foi recebida por padre Paulo.

— Seja bem-vinda, minha filha! Espero que essa nova experiência possa lhe proporcionar um momento inesquecível.

— Bom dia, padre Paulo, sua bênção.

— Até que enfim conseguiu me chamar corretamente! Fico feliz! Que Deus esteja contigo, minha filha. Entre, deixei um lugar para você na primeira fila.

A missa foi transcorrendo de forma perfeita. Cada palavra ou gesto de padre Paulo parecia direcionado a ela.

— Para nós — ele dizia —, é importante continuar essa tradição, porque somos cristãos. Homens e mulheres de esperança creem na vida eterna, acreditam que a morte não é o fim de tudo, mas o começo de uma nova vida. *Cristo, morrendo, destruiu a morte e, ressuscitando dos mortos, deu-nos a vida.*

Ruth prestava atenção a cada palavra, e seu pensamento estava totalmente voltado para o noivo, que sofrera muito em seus últimos dias. Quando padre Paulo citou os versículos 5 e 6 do nono capítulo do Eclesiastes — "*Pois os vivos sabem que morrerão, mas os mortos não sabem coisa nenhuma...*" —, Ruth não se conteve e chorou.

— Os espíritos que já nos deixaram — prosseguia o padre — não ficam nos visitando em sonhos, não nos ouvem e nem ficam olhando para nós. Em Jó, no capítulo 7, versículos 9 e 10, lemos: "*Tal como a nuvem se desfaz e passa, assim aquele que desce à sepultura jamais tornará a subir. Nunca mais tornará à sua casa, nem seu lugar jamais o conhecerá*". Quando alguém morre, perde todo e qualquer contato com esse mundo. É o que a Bíblia nos mostra nesses dois versículos.

Quando padre Paulo começou a concluir a missa em memória aos entes queridos dos presentes, Ruth estava muito emocionada. Sentiu-se tocada não só pelo que escutara, mas também pela presença de algumas pessoas. Alguns eram amigos novos, alguns apenas conhecidos, como o senhor Hassan, o doutor Henrique, o pessoal da entrega do mercado, Bob... Também teve a impressão de ver, bem lá no fundo da igreja, aquele homem misterioso, cujo nome ainda não sabia. Talvez tivesse retornado da viagem e ficado sabendo da missa. Mas Ruth logo voltou suas atenções e pensamentos para a missa, ouvindo as palavras finais de padre Paulo.

— Para nós, cristãos, morrer não significa deixar de viver. Morrer é ir ao encontro do Pai e viver eternamente no seu convívio. Para os que creem em Deus, *a vida não é tirada, mas transformada*. Quando rezamos em memória dos que partiram, confiamos plenamente na ressurreição, conforme Jesus prometeu: "*Eu sou a ressurreição e a vida*".

Muito emocionada e sem parar de chorar, Ruth olhou para as pessoas ao seu redor e percebeu que elas também estavam bastante emocionadas. Bob se aproximou e lhe ofereceu um lenço. Sem nada dizer, Ruth aceitou a gentileza. Aos poucos, foi se recompondo. Padre Paulo encerrou a missa com as seguintes palavras:

— Os textos que lemos aqui justificam as nossas orações pelos mortos, especialmente na Santa Missa, culto máximo de louvor, gratidão e adoração a Deus, senhor da vida e da imortalidade. Essa missa está, portanto, fundamentada na palavra do Senhor. Ao nos dirigirmos ao Deus Pai, autor e Senhor da vida, rezando por alguém vivo ou falecido, participamos da Comunhão dos Santos, aqueles que estão na glória do céu, aqueles que esperam pelo dia do julgamento e por nós, que militamos nesse mundo. *Vão em paz*, e que Deus vos acompanhe até o fim de vossos dias.

Concluída a missa e já recomposta, Ruth se dirigiu a Bob.

— Bob, que surpresa boa você aqui! Jamais poderia imaginar... Quem ficou em seu lugar no pub?

— Não poderia deixá-la sozinha neste momento tão especial e importante. Viu que todos os seus amigos estão aqui? A senhora é muito querida. E não se preocupe com o pub, está fechado no momento. Abriremos daqui a pouco, juntos.

Ruth sentia-se emocionada com tudo o que sucedera durante a missa e com o gesto de Bob, que dava provas de que ela não estava sozinha naquele momento. Os amigos, que a acolheram de forma surpreendente, fizeram questão de cumprimentá-la, cada um com uma palavra de conforto.

— Não tenho palavras para agradecer pelo seu carinho, por dedicar um momento de seu dia para estar comigo... — Ruth dizia a todos que vinham cumprimentá-la.

Superemocionada, ela recebeu um forte abraço coletivo. Jamais poderia imaginar que fosse tão querida e respeitada por aqueles que até pouco tempo atrás eram meros desconhecidos. Foi algo inesperado. Padre Paulo também fez questão de lhe falar algumas palavras antes de se despedir.

— Muitas vezes — começou —, nos deparamos com problemas e situações em nossas vidas que não sabemos como resolver. É nessas horas e tão somente nessas horas que temos que nos apegar a algo que nos dê segurança. Você felizmente encontrou pessoas amigas que a acolheram e a ajudaram a superar parte dos problemas. A outra parte você mesma está conseguindo, com seu próprio esforço e dedicação. Tenho a mais absoluta certeza de que seu pensamento se eleva até Aquele que tudo criou. A alma de seu noivo está nesse momento ao lado de Deus.

— Agradeço, padre Paulo, por tudo. Principalmente pela paciência que teve comigo.

— Calma, que ainda não terminei. Ruth, de lá — disse, apontando para o alto — estão emanando boas vibrações para você nesse momento. Vá em paz, e que este seja o começo de uma nova vida. Que as perturbações se transformem apenas em boas lembranças, que suas escolhas lhe mostrem o caminho a seguir e que a casa de Deus possa acolhê-la sempre que houver necessidade.

— Padre Paulo, posso dar um abraço no senhor?

— É claro, minha filha.

Muito emocionada, Ruth deu um forte abraço em padre Paulo e, com a voz embargada, disse baixinho em seu ouvido:

— Agradeço por não ter desistido de mim.

Com essas palavras, Ruth se despediu do padre e saiu com Bob a caminho do pub. Durante o trajeto, foram conversando sobre a vida e sobre aquilo que ela nos oferece, até que, já bem próximos do pub, viram uma

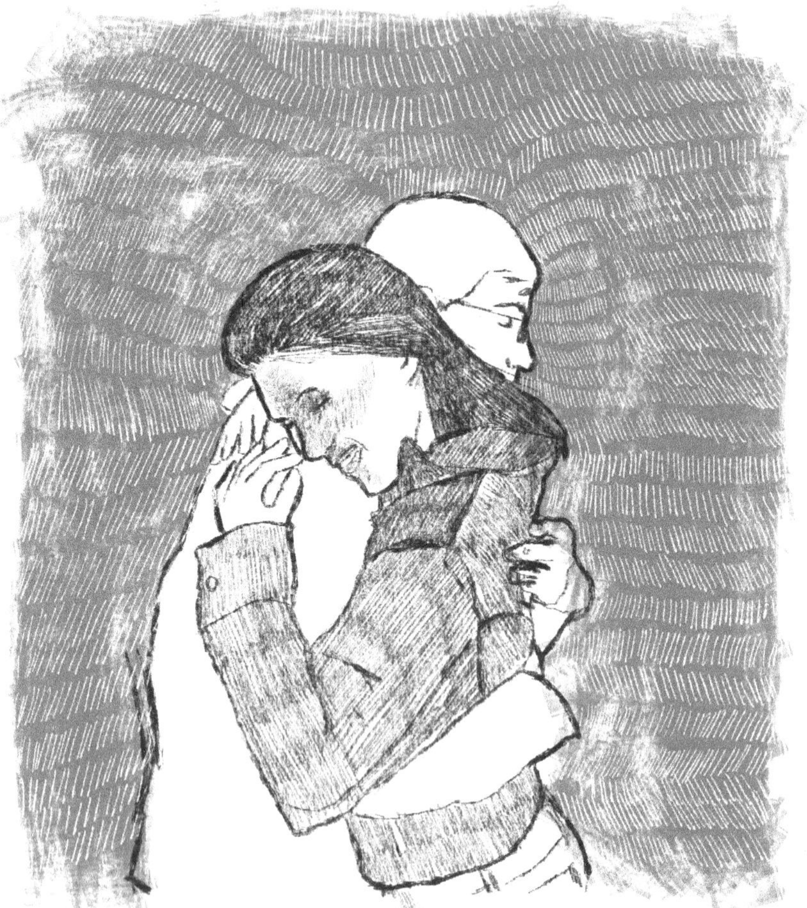

grande movimentação de pessoas.

— Nossa, dona Ruth, quanta gente! O que será que está acontecendo por aqui?

Chegando lá, ficaram aliviados ao ver que se tratava simplesmente de clientes e alguns amigos dos dois que aguardavam para dar mais uma demonstração de carinho a Ruth.

— Paciência, meus amigos — disse Ruth —, já atendo todos vocês. Tenham calma, que o dia mal começou.

***

O dia foi passando e Ruth estava visivelmente cada vez mais feliz. Já no fim da tarde, o doutor Henrique fez questão de aparecer para dar uma palavrinha com ela.

— Que coisa boa receber o senhor! — disse Ruth ao vê-lo — Agradeço por ter ido à igreja hoje. Vai querer o de sempre, doutor?

— Sim, por favor.

— Bob, um sanduíche natural e um expresso especial para o doutor.

Balançando a cabeça como se reprovasse o grito de Ruth, Bob, com um largo sorriso no rosto, começou a preparar o pedido do médico.

— Não consegui ficar até o final da missa, pois tinha uma cirurgia no hospital, mas tenho certeza de que foi maravilhosa. Padre Paulo é um velho conhecido meu. Fiz questão de passar aqui antes que você saísse para lhe dizer o quanto estou feliz por vê-la cada dia mais segura de si mesma. Isso é muito bom.

— Também quero agradecer por tudo o que o senhor

fez por mim nessas últimas semanas. A presença de todas aquelas pessoas, em especial a do senhor, me deixou muito comovida. Eu jamais poderia imaginar. Foi algo maravilhoso, que guardarei no coração pela eternidade.

— Foi você mesma quem tratou de convidar todas aquelas pessoas, mesmo sem tê-lo feito formalmente.

— Não estou entendendo, não convidei ninguém! Não falei para ninguém, ninguém sabia.

— Todos ficaram sabendo, pois padre Paulo, como eu disse, é um velho conhecido. Nos falamos frequentemente. Numa dessas conversas, surgiu seu nome e também a missa marcada. A missa é aberta a todas as pessoas. Assim, nada mais natural que seus amigos, pessoas próximas, conhecidos e frequentadores do pub fossem até lá dar uma demonstração de carinho, amor e compaixão nesse momento tão importante para você.

— Verdade, doutor. Bob e padre Paulo foram os únicos a saber da missa por mim, mas devem ter comentado com outras pessoas. O importante é que foi tudo maravilhoso, e agradeço novamente que o senhor tenha dedicado um momento do seu dia para ir até lá. Agradeço de coração.

— Eu é que sou grato a você, por aceitar me ouvir. O caminho que escolher será um bom caminho, tenho certeza disso.

— Vou deixá-lo em paz, pois seu café vai esfriar. Com sua licença, vou atender outra mesa. Fique à vontade, doutor.

E, assim, Ruth foi cuidar de outros clientes. No final do dia, arrumou as mesas, esticou as toalhas e verificou se não estava faltando ajeitar nada. Com tudo em ordem, preparou-se para voltar para casa e se despediu:

— Até amanhã, Bob! Tenha uma excelente noite. Este dia foi muito especial para mim, sem dúvida marcou a minha vida. Agradeço por tudo, Bob.

— Vá com Deus, dona Ruth, a senhora é merecedora de tudo de bom que está acontecendo em sua vida. Colhemos aquilo que plantamos neste mundo. Tenha uma noite de muita paz.

Após se despedir também de alguns clientes, Ruth tomou o rumo de casa. Voltou a pé, como havia se acostumado a fazer. No caminho, foi cumprimentando todas as pessoas que encontrava, enquanto cantarolava uma das canções que escutara na missa. Era algo que não saía de sua cabeça, como um chiclete: *"Pelos prados e campinas verdejantes eu vou. É o Senhor que me leva a descansar. Junto às fontes de águas puras repousantes eu vou. Minhas forças o Senhor vai animar. Tu és Senhor, o meu pastor. Por isso nada em minha vida faltará"*. Queria chegar logo em casa, tomar um belo banho e descansar. Seus pés estavam muito doloridos.

Em casa, Ruth foi largando tudo pelo caminho: bolsa, sapato e roupa. Entrou direto no chuveiro. Ficou por vários minutos debaixo da ducha, relaxando e recordando tudo o que acontecera naquela manhã: "Ah! Como foi maravilhosa a missa de padre Paulo. E meus amigos? Não vou ter como retribuir tanto carinho. Nem sei se sou merecedora de tudo isso! Só sei que estou muito feliz: *viva a vida!*".

Ruth estava realmente transformada, pronta para aproveitar a vida da melhor maneira que poderia imaginar. Viveria cada segundo como se fosse o último. Seria mais paciente com as pessoas, lembraria que o sofrimento e a angústia dos outros podem ser nossos também. Agora, ela sabia que a vida é para ser vivida, e não para ser desperdiçada com mesquinharias ou rancores. É preciso fazer a diferença em cada momento, para si e para os outros ao nosso redor. Dizia para si mesma: "Algumas pessoas que encontramos pelo caminho podem se tornar verdadeiros amigos, que vão nos acompanhar pela vida toda. São raros, mas existem".

Após comer um lanche e escovar os dentes, foi para o quarto. Era hora de descansar. Antes de dormir, fez uma oração à sua maneira e leu algumas páginas para chamar o sono. Pouco depois, dormiu com o livro sobre o colo.

Pela primeira vez em muitos meses, teve uma noite tranquila. Ao se levantar, pensou: "Mais uma vez sonhei com meu noivo, mas dessa vez não foi um pesadelo, como das outras. Ele estava tão sereno, como se estivesse feliz. Será que a missa era o que ele estava querendo me pedir?".

Depois do banho, Ruth tomou o café da manhã e se arrumou para mais um dia de trabalho. Saiu com tempo de passar na praça perto de sua casa, a fim de dar uma volta em torno da lagoa. Fazia tempo que não caminhava por lá, e o dia estava maravilhoso, com um sol de aquecer a alma.

Na praça, viu ao longe aquele homem misterioso com quem havia muito tempo não falava. Sentiu uma sensação estranha. Era sempre ele que a abordava, mas dessa vez foi ela que se aproximou.

— O senhor por aqui? Quanto tempo! É sempre bom reencontrá-lo!

O sol se refletia no homem, quase não dava para ver sua face, mas Ruth o conhecia, tinha certeza de que era o homem misterioso que conhecera no pub e com quem conversara meses antes naquela mesma praça e em sua casa.

***

— Bom dia, Ruth! Estava à sua espera.
— À minha espera? Como assim? O que o senhor quer dizer com isso? Por acaso está me seguindo? Aliás, o senhor esteve na igreja ontem pela manhã, não esteve?
— Calma, Ruth. Estamos observando você há muito tempo, mas não dessa maneira que você está imaginando, e, sim, para protegê-la. Colocando pessoas e situações em seu caminho para orientá-la quanto a qual estrada tomar.
— Me protegendo do quê? Estrada? Que estrada? Do que o senhor está falando?

Ruth era só indagações e agitação. Aos poucos, se acalmou e passou a escutar aquele homem do qual emanava uma luz muito forte.

— Quando a encontrei pela primeira vez, você era uma alma entregue ao vício e à autodestruição. Então, conheceu pessoas boas e outras não tão boas assim. Existe uma luta constante entre as forças do bem e do mal pela conquista da alma de pessoas que estão por aí desorientadas, em sofrimento. As forças do mal queriam sua alma, e quase a perdemos.

— Isso é verdade? O senhor quer dizer que...

— Fui enviado pelo próprio Deus criador de todas as coisas para interceder em seu favor e não deixar que as forças do mal se aproximassem de você e a levassem para o lado errado. Seu jeito de tratar as pessoas no começo contribuiu um pouco para deixar essas forças distantes e espantá-las.

— Isso quer dizer que o senhor é...

— As pessoas que entraram na sua vida nesses últimos meses foram lhe apontando um caminho, e as forças do mal tentavam convencê-la do contrário, de que nada daquilo que estavam fazendo dava resultado, que era bobagem. Que não valia a pena seguir por aquele bom caminho. Mas você foi firme em suas convicções de fé, mesmo que não tivesse tanta intimidade com a religião.

— Meu noivo em meus sonhos também fazia parte disso?

— Sim. Era uma alma totalmente desorientada, revoltada e perdida, pois ele não estava preparado para partir. Em vida, não queria deixá-la sozinha ou sofrendo junto a ele. Nos meses seguintes à partida, continuou preso a este plano e tentou pedir sua ajuda de várias formas, mas foi por meio dos sonhos que achou um caminho. Você não conseguia entender, pois não se conectava com o plano espiritual.

— Isso é verdade.

— Quando você começou a se informar e a ler sobre o assunto, seu lado espiritual começou a aflorar. Você passou a ficar mais suscetível a ele e a sentir e compreender melhor tudo o que estava acontecendo com você e com seu corpo físico.

— Entendo, mas por que não estou sentindo medo agora?

— O medo faz parte daquilo que o ser humano não compreende. Tudo o que ele não consegue explicar tende a lhe dar medo. Bom seria se todas as pessoas pudessem compreender o incompreendido, dedicar um tempo do seu atribulado dia ao Pai, elevar seus pensamentos a ele e deixar de procurar em uma religião aquilo que perderam em outra. Saber antes de criticar e entender antes de recusar, pois as religiões, ao menos muitas delas, levam a um só objetivo e caminho: Deus e seu filho Jesus.

— Estou entendendo, só que ainda não sei seu nome.

— Minha missão por aqui está completa. Estarei sempre presente em seus pensamentos. Saiba que você é muito importante para os planos de Deus.

— Isso quer dizer que não vou mais vê-lo? Isso não é justo!

Ao dizer essas palavras, Ruth percebeu que a imagem do homem começava a se confundir com a luz do sol, desaparecendo pouco a pouco.

— Adeus, Ruth! Meu nome é Rafael.

Ruth não se assustou. Sentiu um sopro em seu rosto, como se estivesse sendo abanada por asas de vários pássaros. Murmurou para si mesma: "Estou em paz. Tenho certeza de que voltarei a vê-lo algum dia. Adeus, amigo".

Algumas semanas mais tarde, Ruth estava na correria de sempre do pub, atendendo um cliente após o outro, quando percebeu uma garota bastante abatida

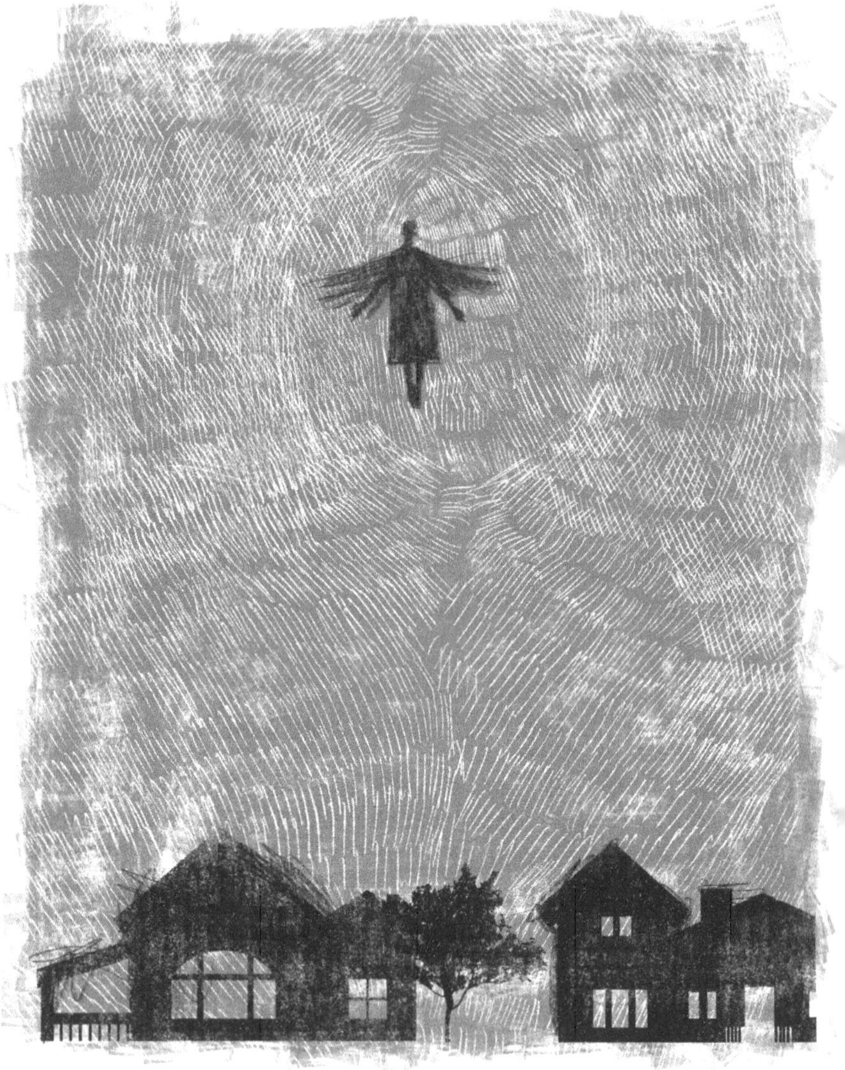

sendo atendida por Bob, bebendo sozinha. Aproximou-
-se dela e lhe perguntou:
— Você está bem? Posso ajudá-la em alguma coisa?
— Pode sim, me deixe beber sossegada...

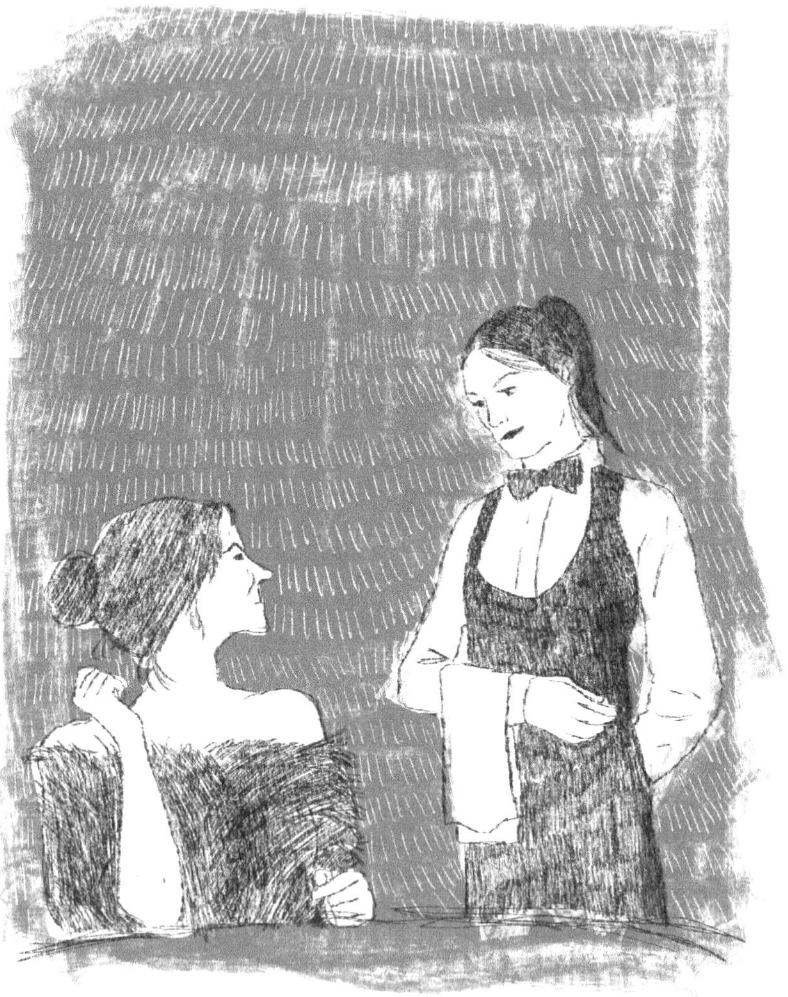